Bärbel Bongartz
Hassverbrechen
und ihre Bedeutung
in Gesellschaft und Statistik

I0674838

Bärbel Bongartz

Hassverbrechen und ihre Bedeutung in Gesellschaft und Statistik

Zum Dilemma der Wahrnehmbarkeit vorurteilsmotivierter Straftaten

Mönchengladbach 2013
Forum Verlag Godesberg GmbH

Hochschule für Angewandte Wissenschaften Hamburg
Hamburg University of Applied Sciences

Abschlussbericht

Pilotstudie zum Beratungsangebot für Betroffene vorurteilsmotivierter Übergriffe in Hamburg. Im Auftrag der Justizbehörde Hamburg (Arbeitsstelle Vielfalt)

Finanziert durch das Bundesprogramm
„kompetent. Für Demokratie"

Projektleiterin

Prof. Dr. Carmen Gransee

Wissenschaftliche Mitarbeiterinnen

Dipl. Krim. Dipl. Soz. Arb. Bärbel Bongartz
Dipl. Soz. Wiss. Jenan Issa

Laufzeit

Juni bis Dezember 2010
Hamburg im Dezember 2010 (überarbeitete Version Mai 2011 und Oktober 2012)

Bibliographische Information der Deutschen Nationalbibliothek
Die Deutsche Nationalbibliothek verzeichnet diese Publikation in der Deutschen Nationalbibliografie; detaillierte bibliografische Daten sind im Internet über http://dnb.d-nb.de abrufbar.

© Forum Verlag Godesberg GmbH, Mönchengladbach
Alle Rechte vorbehalten.
Umschlaggestaltung: Kostas Megas
Umschlagzeichnung: Martin Lersch
Mönchengladbach 2013
Gesamtherstellung: Books on Demand GmbH, Norderstedt
Printed in Germany
ISBN 978-3-942865-13-5

Inhaltsverzeichnis

Vorwort

Neu ist es nicht, das Thema. Nichts daran ist neu: Nicht die Taten, nicht die Motive, auch nicht der gesellschaftliche und behördliche Umgang mit diesen.

Neu ist aber , dass das Problem eine solch erschreckende Dimension hat. Eine Dimension, die alle beteiligten Bereiche zu betreffen scheint.

Uns entsetzen die Mordtaten des NSU. Seit Januar 2012 sind wir mit der Aufarbeitung beschäftigt. Das Ausmaß staatlichen Versagens wird zunehmend sichtbar. Wir können es uns nicht leisten, weiterhin eine nebulöse Datenlage über tatsächliche Vorkommnisse vorurteilsmotivierter Taten zu haben.

Die vorliegende Studie macht u.a. deutlich, wie verbreitet Alltagsrassismus in Deutschland ist. So hat sich im Zuge der Befragung Hamburger Beratungseinrichtungen herausgestellt, dass das, was Wilhelm Heitmeyer „Gruppenbezogegne Menschenfeindlichkeit" nennt, als gegeben hingenommen wird – ja mehr noch, es wird in Beratungssituationen als empörendes, aber eben bestehendes Übel behandelt. Die zitierten Interviewpassagen bilden diesen Befund gut ab.

Ein sehr erfreulicher Befund dieses Buches ist, dass die Beratungsarbeit für Opfer rechter Gewalt in Hamburg gut funktioniert. Allerdings sind auch hier Maßnahmen nötig, um den Zugang zu Beratungsstellen zu erleichtern und den Opfern Mut zu machen, Taten zur Anzeige zu bringen.

Was aber auch deutlich wird und sich aktuell in eben jener unsäglich großen Dimension zeigt, ist der behördliche Umgang mit vorurteilsmotivierten Übergriffen.

Das zeigt diese Studie deutlich.

Die Politik hat sich der daraus entstehenden Verantwortung zu stellen, es sind aber auch Sensibilisierung und Transparenz nötig, um die notwendige Wachsamkeit auf gesellschaftlicher Ebene herzustellen. Es geht darum, den Opfer vorurteilsmotivierter Übergriffe eine Stimme zu geben.

9

Und es geht darum, Behördenarbeit so zu gestalten, dass vorurteilsmotivierte Taten als solche erkannt werden. Das setzt voraus, und das arbeitet diese Studie sehr deutlich heraus, dass die zuständigen Behörden aufmerksamer werden und unter Wahrung des Trennungsgebots verantwortungsbewusst zusammenarbeiten.

Das Problem des Alltagsrassismus muss in aller Deutlichkeit als soziales Problem identifiziert und öffentlichkeitswirksam dargestellt werden.

Dieses Buch leistet einen wichtigen Beitrag dazu.

April 2013

Sebastian Edathy, MdB

Sebastian Edathy ist seit 1998 Bundestagsabgeordneter.

Von November 2005 bis November 2009 Vorsitzender des Innenausschusses des Deutschen Bundestages. Mitglied im Rechtsausschuss, stellvertretendes Mitglied im Innenausschuss des Bundestages.

Seit November 2000 Mitglied im Vorstand der SPD-Bundestagsfraktion und von 1999 bis 2002 deren stellvertretender migrationspolitischer Sprecher und von 2000 bis 2006 Fraktionsprecher der Arbeitsgruppe „Rechtsextremismus und Gewalt".

Seit Januar 2012 Vorsitzender des 2. Untersuchungsausschuss (Terrorgruppe nationalsozialistischer Untergrund).

Prolog

Vorurteilsmotivierte Übergriffe sind physische und/oder psychische Übergriffe gegen Personen oder Sachen, die der Täter/die Täterin vor dem Hintergrund eines eigenen Gruppenzugehörigkeitsgefühls gegen ein Mitglied einer anderen Gruppe aufgrund zugeschriebener, vermeintlich diskriminierbarer Eigenschaften ausübt. Die mit dem Übergriff verbundene Entwertung einer potentiellen Opfergruppe hat meist einen Signalcharakter, der über das konkrete Geschehen hinaus wirkt und Einschüchterung und Verunsicherung bei der Gruppe bewirken soll.

(S. 47 in diesem Buch)

Im Mai des Jahres 2010 gab die Justizbehörde Hamburg eine Studie zum Thema „Beratungsangebot für Betroffene vorurteilsmotivierter Übergriffe in Hamburg" in Auftrag. Die Studie wurde finanziert durch das Bundesprogramm „kompetent. Mehr Demokratie".

Als Team von drei Wissenschaftlerinnen der Hochschule für Angewandte Wissenschaften Hamburg machten wir uns an die Arbeit: Carmen Gransee, Jenan Issa und ich diskutierten, wählten ein Studiendesign, diskutierten neu und begannen schließlich, ins Feld zu gehen.

In der Rückschau lässt sich schwer sagen, was wir im Verlauf eines Forschungsprozesses zum Thema „Hassverbrechen" eigentlich erwartet hatten. Aber im Zuge der Arbeit an der Studie beschlichen uns ein ums andere Mal Besorgnis und Irritation. Kurz: Der gesellschaftliche Umgang mit Alltagsrassismus hat uns erschreckt.

Die Beschäftigung mit einem dergestalt menschenverachtenden Forschungsgegenstand ist auch für Kriminologinnen und Sozialwissenschaftlerinnen nicht leicht. Schon während der Vorarbeiten entschieden wir uns beispielsweise, den dem Angloamerikanischen entlehnten und dem bundesdeutschen Strafrecht nicht entsprechenden Begriff „Hassverbrechen" durch die Formulierung „vorurteilsmotivierte Übergriffe" zu ersetzen. Denn die Phänomenologie der Taten und deren Motive haben eine große Bandbreite. Durch diese begriffliche Erweiterung wird auf der einen Seite dem Vorurteil als Tatmotivation Rechnung getragen. Zum anderen wird mit dem Wort „Übergriff" ein Terminus gewählt, der auch solche Taten mit einschließt, die nicht strafrechtlich relevant sein müssen, die Betroffenen in ihrer Integrität empfindlich treffen. Auch erschien uns der Rekurs auf „Hass" als zu unkonturiert und unspezifisch

11

mit Blick auf das mögliche emotionale Spektrum und die psychischen Komponenten, die vorurteilsmotivierte Gewalthandlungen begleiten können.

Nicht zuletzt nach Bekanntwerden der Taten der Gruppe „Nationalsozialistischer Untergrund" habe ich mich entschieden, diese Studie zu publizieren.

Mein ganz besonderer Dank gilt meinen Kolleginnen Carmen Gransee und Jenan Issa für die wunderbare Zusammenarbeit, das große Engagement und die vielen fruchtbaren wissenschaftlichen Debatten.

Schließlich ein herzliches Dankeschön an Carl Werner Wendland und Jens Weidner, die diese Publikation möglich gemacht haben.

April 2013

Bärbel Bongartz

Teil 1
Einführung und theoretische Vorüberlegungen

Kapitel 1: Einleitung

Rechtsmotivierte Gewalt beispielsweise gegen Wohnungslose, Homosexuelle oder Bürger und Bürgerinnen mit Migrationshintergrund bleibt oftmals ohne Rechtsfolgen, weil sie strafrechtlich nicht erfasst wird, da es zu keiner polizeilichen Anzeige kommt. Dennoch haben Betroffene rechtsextremer Gewalttaten die Möglichkeit, Beratung und Unterstützung zu erhalten. Wie sieht das Beratungsangebot der Stadt Hamburg für Opfer rechtsextremer, rassistischer, homophober oder antisemitischer – kurz: vorurteilsmotivierter Übergriffe aus? Wie gestaltet sich der Zugang zu den verschiedenen Beratungs- und Unterstützungsangeboten? Und über welche Beratungskompetenzen und -ressourcen verfügen die Beratungseinrichtungen? Die Beantwortung dieser Fragen ist Gegenstand der vorliegenden Studie, die im Auftrag der Justizbehörde Hamburg, Arbeitstelle Vielfalt, entstanden ist und für eine Laufzeit von Juni bis Dezember 2010 aus dem Bundesprogramm: „kompetent. Für Demokratie" finanziert wurde.

Um die forschungsleitenden Fragen beantworten zu können, war eine Verknüpfung von vier unterschiedlichen Erhebungsverfahren – quantitativen und qualitativen Methoden im Sinne einer Methodentriangulation – vorgesehen:

1. eine Onlinebefragung Hamburger Beratungseinrichtungen,
2. Expertinnen- und Experteninterviews mit ausgewählten Beratungseinrichtungen,
3. themenzentrierte Interviews mit Opfern rechter Gewalt,
4. eine Gruppendiskussion mit Jugendlichen über Erfahrungen mit rechtsextremer Gewalt.

Von diesen geplanten Untersuchungsschritten ließen sich die letzten beiden nicht realisieren. Um den potentiellen Nutzen zu verdeutlichen und darzustellen, aus welchen Gründen eine Umsetzung nicht möglich war, werden im Folgenden alle ursprünglich vorgesehenen Schritte kurz erläutert.

Onlinebefragung Hamburger Beratungseinrichtungen

Da es in Hamburg keine Beratungsstelle gibt, die ihre Angebote explizit nur an Betroffene rechtsextremer Gewalt richtet, wurde eine Onlinebefragung Hamburger Beratungseinrichtungen durchgeführt (1). Sie sollte Aufschluss darüber geben, ob Opfer rechtsextremer Gewalt Beratung suchen und wie die konkrete Ausrichtung der Beratungsangebote in Hamburg aussieht. Von Interesse war für uns auch: Wie gestaltet sich die Kontaktaufnahme zu Beratungssuchenden, wie ist die Öffentlichkeitsarbeit gestaltet und gibt es Vernetzungen zwischen den Beratungsstellen, so dass Betroffene auch an andere Stellen verwiesen werden können. Des Weiteren wollten wir erfahren, ob die Beratungen dokumentiert werden, um somit ggf. auch offiziell statistisch bislang nicht erfasste Opfer rechter Gewalt aus den Unterlagen rekonstruieren zu können.

Expertinnen- und Experteninterviews mit ausgewählten Beratungseinrichtungen

In einem zweiten Schritt wurden 40 Beratungsstellen, die tatsächlich oder potentiell mit der uns interessierenden Klientel Kontakt haben, per E-Mail und telefonisch angefragt. Anhand von leitfadengestützten Interviews (2) sollte in den ausgewählten Beratungsstellen in Erfahrung gebracht werden, wie oft Beratungsangebote nachgefragt werden und wie dieses Beratungsangebot aussieht. Viele der angefragten Einrichtungen meldeten zurück, keinen Kontakt zu Opfern rechter Gewalt zu haben. Es wurden insgesamt 11 Interviews durchgeführt.

Ziel der qualitativen Erhebungen war es u.a., Informationen darüber zu bekommen, wie sich der Zugang zu den Beratungsstellen gestaltet, inwiefern die einzelnen Einrichtungen auf die Bedürfnisse der unterschiedlichen Opfergruppen eingestellt sind, welche personellen und finanziellen Ressourcen ihnen zur Verfügung stehen und ob und wie sich die Vernetzung der Beratungseinrichtungen mit anderen Institutionen gestaltet.

Resümierend sollte geklärt werden, welche Maßnahmen angezeigt erscheinen, um die Bedarfe zu decken und welche Schritte notwendig wären, um das bestehende Angebot und den Zugang für Betroffene zu verbessern.

Themenzentrierte Interviews mit Opfern rechter Gewalt

Was die Erfahrungen, Deutungen und Bewältigungsstrategien (Coping) der Opfer rechter Gewalthandlungen betrifft, ist hierzulande generell ein Forschungsdesiderat zu konstatieren. Es gibt nur wenige fundierte Untersuchungen zu diesem Themengebiet, die die Perspektiven von Betroffenen explizit rechtsextremer Gewalt berücksichtigen und auch die Prozesse der ersten, zweiten und dritten Viktimisierung reflektieren (Rothkegel 2005[1]; für die Schweiz vgl. Schmid/Storni 2009). Es ist davon auszugehen, dass die Bedarfe an Beratung und psychosozialer und/oder therapeutischer Unterstützung sowie die subjektiven und objektiven Zugangsmöglichkeiten für Unterstützungsangebote je nach Opfergruppe divergieren. Daher sollten in einem dritten Erhebungsschritt themenzentrierte Interviews mit Opfern rechtsextremer Gewalt (3) geführt werden, um z.b. die verschiedenen Gruppen potentieller Opfer rechter Gewalt, die situativen Kontexte und andere Merkmale wie Differenzierungen nach Geschlecht berücksichtigen zu können.[2] Im Zentrum des Interesses dieser Interviews sollten die jeweilige Rekonstruktion des Tatgeschehens, das Erleben des Übergriffs durch die Betroffenen, Bewältigungs- und Verarbeitungsstrategien, das Anzeigeverhalten und schließlich die Frage, ob eine Beratungsstelle aufgesucht wurde, stehen.

Über die kontaktierten Beratungsstellen, über türkische und jüdische Communities, über Antifa-Initiativen und über Verbände von Menschen mit Migrationshintergrund und Einrichtungen, die mit Prostituierten oder Wohnungslosen arbeiten, über „Schwulen- und Lesbenzentren" etc. hatten wir uns einen Zugang zu Betroffenen erhofft. Die gewünschten Vermittlungen zu potentiellen Gesprächspartnerinnen sind jedoch nicht zustande gekommen, da die meisten Einrichtungen angaben, keine Kontakte zu Betroffenen zu haben oder weil sie aus beratungsethischen Gründen eine Vermittlung ablehnten. Leider war auch der Versuch, über die Ermittlungsakten der „Abteilung Staatsschutz" des Landeskriminalamtes Hamburg Kontakt zu Opfern rechtsextremer Gewalt herzustellen

---

1 Rothkegel 2005 (http://www.berlin.de/imperia/md/content/lb-lkbgg/bfg/ nummer 23/05 _ rothkegel.pdf? start&ts=1239197184&file=05_rothkegel.pdf)

2 In diesem Zusammenhang wäre auch von Interesse gewesen, ob es bestimmte Täter-Opfer-Konstellationen zu bestimmten Tatzeiten gibt. Schmid und Storni geben beispielsweise in ihrer Untersuchung an, dass Frauen eher tagsüber oder am frühen Abend, Männer dagegen vornehmlich nachts Opfer rechtsextremer Gewalt werden (2009: 137).

ebenso erfolglos, wie der über die Opferberatungsstelle des „Weissen Rings", sodass diese Interviews nicht stattfinden konnten.

Es scheint nicht nur der kurzen Laufzeit der Pilotstudie geschuldet zu sein, dass die Befragung von Betroffenen rechtsextremer Übergriffe nicht realisiert werden konnte. Es ist ein generelles Zugangsproblem – und zwar für die Forschung wie für die Beratung. So beschreiben auch Schmid und Storni ihre zahlreichen Kontaktierungsversuche zu Opfern rechtsextremer Gewalt für die Gewinnung von Interviewpartnerinnen und -partnern als extrem aufwendig (ebd.: 8of).

Für die Beratungsstellen besteht hier eine weitere grundlegende Problematik: Werden vorurteilsmotivierte Übergriffe von den Betroffenen selbst[3] oder aber auch von den Einrichtungen immer als solche bewertet? Was wird als rechtsextreme Gewalt in den Falldokumentationen erfasst? Kommt es zu einer Anzeige? Werden die Betroffenen von den ermittelnden Polizeibeamtinnen und -beamten an entsprechende Beratungsstellen weiter vermittelt? Nehmen Betroffene rechtsextremer Übergriffe überhaupt die bestehenden Beratungsangebote in Anspruch?

Letzteres hängt auch von den jeweiligen Kontexten der Gewalthandlungen ab: Welche Täter-Opfer-Konstellationen lassen sich ausmachen? Sind sich Täter und Opfer bekannt? Welche situativen und sozialen Kontexte rahmen die Gewalthandlungen? Geht es um organisierte Gewalthandlungen wie bei Brandanschlägen auf Wohnunterkünfte von Asylsuchenden oder um sich spontan entwickelnde Übergriffe und situative Gruppendynamiken im öffentlichen Raum? Spielen subkulturelle Kontexte eine Rolle (rechtsorientierte Jugendszenen) oder handelt es sich um eine Auseinandersetzung zwischen politisch differenten Jugendgruppen (Antifa-Gruppen versus Autonome Nationalisten)? Je nach Kontext stellt sich die Frage nach Zugängen zu den Beratungsstellen und den jeweiligen Beratungsbedarfen neu. Ob Jugendliche oder Wohnungslose eine Opferberatungsstelle aufsuchen, ist z.B. fraglich.

Um Erfahrungen mit rechtsextremer Gewalt erfassen zu können, war außerdem eine Gruppendiskussion z.B. mit Jugendlichen (4) in einem Ju-

---

3 Aus den Gesprächen mit Mitarbeiterinnen und Mitarbeitern der Beratungsstellen ist deutlich geworden, dass vor allem Betroffene mit Migrationhintergrund aufgrund zahlreicher Erfahrungen mit Alltagsrassismus die Schwelle erhöhen, eine übergriffige Handlung als rassistisch oder fremdenfeindlich einzustufen. Die Bewältigungsstrategie scheint mit Mechanismen der „Normalisierung" verknüpft zu sein.

gendzentrum, einer Schule oder in einem Sportverein geplant. Anfragen an einige Einrichtungen blieben ergebnislos, so dass auch diese Erhebung nicht zustande kam.

Freundlicherweise hat uns das Magnus-Hirschfeld Centrum die Fragebögen einer quantitativen Erhebung zum Thema „Gewalt gegen Schwule" zur Auswertung zur Verfügung gestellt, die von 2009 bis 2010 erhoben wurden. Die Fragebögen geben Aufschluss über Täter-Opfer-Konstellationen, das Anzeigeverhalten der Betroffenen und lassen erste Hinweise darauf zu, warum Betroffene vorurteilsmotivierter Gewalt gegen Homosexuelle selten polizeiliche Anzeige erstatten.

Im ersten Teil der Studie wird in die Thematik eingeführt, werden grundlegende theoretische Perspektiven dargelegt und es werden zentrale Begriffe mit Blick auf ihren Geltungsbereich und ihre Aussagekraft erläutert. Im zweiten Teil werden die Methoden und das Design der Pilotstudie vorgestellt. Der dritte Teil ist den Ergebnissen der durchgeführten Erhebungen gewidmet: Die Onlinebefragung Hamburger Beratungseinrichtungen, die Expertinnen- und Experteninterviews mit ausgewählten Beratungseinrichtungen sowie die Auswertung der quantitativen Erhebung des Magnus-Hirschfeld Centrums vermitteln Einblicke in die Beratungssituation in Hamburg, geben Einschätzungen von Mitarbeitern und Mitarbeiterinnen von Beratungsstellen wieder und liefern erste Hinweise dafür, wie ein verbesserter, niedrigschwelliger Zugang zu Betroffenen hergestellt werden könnte. Im Fazit im vierten Teil der Studie werden Handlungsempfehlungen skizziert, die hilfreich sein könnten, um die Beratungssituation in Hamburg zu optimieren.

Die in dieser Studie dargelegten Erhebungsschritte ersetzen freilich keine Opferbefragungen. Sie können lediglich erste Informationen darüber liefern, in welche Richtung anschließende Erhebungen ausgelegt werden könnten, um die Beratungssituation in Hamburg vertiefender zu analysieren und die Beratungsbedarfe ggf. angepasster auszugestalten.

Kapitel 2: Gewalt, rechtsextreme Straftaten, Hate Crimes oder vorurteilsmotivierte Übergriffe – eine Annäherung

Generell ist zu klären, was unter dem Etikett „rechter", „rechtsradikaler", „rechtsextremer" oder „vorurteilsmotivierter" Gewalt gefasst wird. Ein Blick in die Fachliteratur zu diesem Thema oder die Inaugenscheinnahme der polizeilichen Registrierungspraktiken zeigt, dass entweder keine trennscharfen Definitionen verwendet werden oder aber zu strikte juristisch inspirierte Subsumtionen erfolgen. Werden unter den Gewaltbegriff nur körperliche Übergriffe oder auch verbale Angriffe gefasst? Auch mit Blick auf die subjektive Deutung durch Betroffene gibt es unterschiedliche Bewertungen: Wird vorurteilsmotivierte Gewalt von den Betroffenen als „rechtsextreme Gewalt" eingeschätzt und auch als solche angezeigt? Oder werden Übergriffe ganz allgemein als Beleidigung, Nötigung, Körperverletzungsdelikte etc. eingeschätzt? Dies wirft auch die Frage danach auf, welcher Gewaltbegriff dieser Pilotstudie zugrunde gelegt wird.

2.1 Zum Gewaltbegriff

> „Ultimately, the level of violence is affected by the interaction of motivational and cognitive, psychological, forces, societal bonds, structures and procedures, (...). Hence there is no isolated, basic treatment of violence (...) only a just and cohesive society, responsive to new demands, satisfying old ones, providing a meaningful life to its members, would sharply reduce violence, (...)."
>
> (Etzioni 1972: 790)

Die Ursprünge des Wortes Gewalt können hergeleitet werden aus der indogermanischen Wurzel „val" (lat.: valere = verletzen) bzw. dem Verb „waldan", was soviel wie „Verfügungsfähigkeit besitzen" oder „Gewalt haben" bedeutet. Im weiteren Sinne bezeichnet dieser Wortstamm aber auch die Möglichkeit, „über etwas verfügen zu können" oder „etwas beherrschen zu können" (Imbusch 2002: 29).

Definitorisch kann der Begriff Gewalt einen physischen Akt bezeichnen, bei dem ein Mensch einem anderen Menschen Schaden mittels physischer Stärke zufügt. Es kann aber auch eine Ausweitung auf verbale und psychische Formen von Gewalt vorgenommen werden, zu denen Akte der Beleidigung, Erniedrigung, Stigmatisierung etc. zählen.

Strukturelle Formen von Gewalt werden in diesem Kontext vernachlässigt.

Der Gewaltforscher Peter Imbusch fokussiert, ausgehend von einem engen Gewaltbegriff, sieben Fragen, aus denen sich Gewalt erschließen lasse:

1. Wer übt Gewalt aus? (Subjekte)
2. Was geschieht? (Phänomenologie)
3. Wie wird Gewalt ausgeübt? (Art und Weise)
4. Wem gilt die Gewalt? (Objekte)
5. Warum wird Gewalt ausgeübt? (Ursachen und Gründe)
6. Wozu wird Gewalt ausgeübt? (Ziele und Motive)
7. Weshalb wird Gewalt ausgeübt? (Rechtfertigungsmuster)

(Imbusch 2002: 37)

Diese Fragen könnten als annähernde Frageperspektiven auch für den Kontext rechtsextremer Gewalthandlungen zur Geltung gebracht werden, um der Phänomenologie von rechter Gewalt, aber auch den unterschiedlichen Täter-Opfer-Konstellationen gerechter werden zu können.

Dazu wären folgende Perspektivergänzungen sinnvoll:

1. Wie wird die Situation von den Betroffenen/Opfern wahrgenommen? (Opferperspektiven)
2. Wie ist der situative Kontext der Gewalthandlung?
3. Was für eine Bedeutung hat das Tatmotiv für die Bewältigung des Erlebten? (Bewältigung/Tatmotiv)
4. Wie wird das Erlebte bewältigt? (Bewältigungsstrategien/Viktimisierung)

Für die weitere Verarbeitung des Erlebten wären folgende Fragen zu ergänzen:

1. Wird Strafanzeige vom Opfer erstattet?
2. Wird eine Beratungsstelle aufgesucht?
3. Welche Unterstützungsbedarfe haben Betroffene rechter Gewalt?

2.2 Perspektiven auf rechte Gewalt

Diese Perspektiverweiterung mit Blick auf die Betroffenengruppen soll nicht per se einer Ausweitung von bestehenden Definitionsversuchen rechter Gewalt dienen, sie könnte aber, angesichts nach wie vor zu restriktiv gefasster Bestimmungen „rechtsextremer Gewalt" als politisch motivierte Straftaten, Sensibilisierungsbedarfe aufzeigen. Das betrifft auch die statistischen Erfassungsmodalitäten durch die Polizei.[4] So haben beispielsweise Recherchen des *tagesspiegels* und der *ZEIT* zu Opfern rechter Gewalt aufzeigen können, dass die öffentlichen Statistiken der Strafverfolgungsbehörden und der Nachrichtendienste in ihren Zahlenwerken erhebliche Unterschiede zu denen der Opferhilfeeinrichtungen aufweisen (DIE ZEIT, Nr.38, 16. September 2010).

Die Autoren der Beiträge stellen fest, dass in den Jahren 1990 bis 2009 „...insgesamt mindestens 137 Menschen durch rechte Gewalt – etwa dreimal so viele, wie staatliche Stellen ausweisen" gestorben seien (DIE ZEIT, Nr.38, 16. September 2010). Demgegenüber stünden Meldungen der Bundesregierung, die sich auf Angaben der Polizei stützen, die 47 Todesopfer für diesen Zeitraum angeben.[5]

Das Journalistenteam hat Mitarbeiterinnen und Mitarbeiter von Opferberatungsstellen und Strafverfolgungsbehörden, Anwältinnen und Anwälte sowie Hinterbliebene auf Grundlage von Hunderten von Gerichtsurteilen und Lokalzeitungsartikeln interviewt. In die Erhebung flossen nur Straftaten, die eindeutig als „politisch rechts motiviert" definiert worden waren, ein. Im Zuge dieser Recherchen ergab sich, dass z.B. Taten gegen Obdachlose zu mehr als 70 Prozent nicht als solche erfasst würden – Taten wie diese würden von den Behörden selten als politisch motiviert erkannt, da das Bild rechter Gewalt nach wie vor überwiegend den Übergriffen auf Migrantinnen und Migranten zugeordnet werde. „Dabei sind es gerade die [Obdachlosen, d. Verf.], die in den vergangenen zehn Jahren zunehmend von rechten Tätern angegriffen worden sind" (DIE ZEIT, Nr. 38, 16. September 2010).

In ihrem Beitrag macht das Autorenteam auf eine Untersuchung aufmerksam, nach der Rassismus und Fremdenfeindlichkeit als Motive in

---

4 Detaillierter dazu in Kap. 2.4.

5 Ausführlich zu dieser Problematik Kleffner/Holzberger 2004: 56-64.

diesem Kontext eher abnähmen, die Abwertung von Obdachlosen jedoch zunähme. Das bestätige auch ein Praktiker aus dem Bereich der Wohnungslosenhilfe, der berichtete, „die Armut von Obdachlosen gelte bei rechts denkenden Tätern als Beweis für Minderwertigkeit." (DIE ZEIT, Nr. 38, 16. September 2010)

Aber nicht nur mit Blick auf potentielle Opfergruppen gilt es, die unter dem Begriff „rechtsextreme Gewalt" gefassten Phänomene stärker zu konturieren. Auch hinsichtlich der Motive und (politischen) Hintergründe der Täter gibt es Differenzierungsbedarfe, die letztlich auch auf die gesellschaftspolitischen Rahmungen von vorurteilsmotivierten Gewalthandlungen verweisen.

So schlägt etwa Wilhelm Heitmeyer vor, die Begriffe „rassistische" und „fremdenfeindliche Gewalt" einerseits und „rechtsextremistische Gewalt" andererseits definitorisch zu unterscheiden: Während sich rassistische Gewalt zumeist als situative, diffuse Machtdemonstration (z.B. Bordstein Bashing) zeige, sei rechtsextremistische Gewalt ideologiegesteuert und habe eine dauerhafte Machtdemonstration zum Ziel.

Nach Heitmeyer könnte sich ein Analysekonzept zur Definition rechter Übergriffe im öffentlichen Raum aus der Kombination dreier analytischer Ebenen ergeben: Mikroanalytisch ginge es um individuell zurechenbares Handeln. Die mesoanalytische Ebene beträfe Gruppenprozesse und -dynamiken im öffentlichen Raum und liefere einen Analyseansatz zur Erklärung kollektiven Gewaltagierens. Makroanalytisch seien sozialstrukturelle Faktoren ebenso wie politische und ökonomische Entwicklungen ein wichtiger Bestandteil einer solchen Analyse (Heitmeyer 2002, 505). Denn – so Heitmeyer weiter – Adressaten „gruppenbezogener Menschenfeindlichkeit" seien meist gesellschaftlich marginalisierte, soziale Gruppen, die zu potentiellen Opfergruppen werden. So beschreiben auch Bude und Willisch (2006) strukturelle Exklusionsprozesse, die immer mehr soziale Gruppen zu „suitable enemies" werden ließen, die Opfer von Stigmatisierungen und Abwertungen werden.

Somit stellen sich die Fragen erneut: Wer wird Opfer von rechter Gewalt? Welche Formen von Gewalt zählen dazu? Welche Motive spielen hier eine Rolle, wenn es nicht mehr nur um systemüberwindendes, rechtsextremes Gedankengut oder „Politisch motivierte Kriminalität rechts" im engeren Sinne geht? Der Annäherung an diese Fragen haben wir das folgende Kapitel gewidmet.

2.3 Extremismus

„Als extremistisch werden solche Bestrebungen bezeichnet, die den demokratischen Verfassungsstaat und seine fundamentalen Werte, seine Normen und Regeln ablehnen und darauf abzielen, die freiheitliche demokratische Grundordnung abzuschaffen und sie durch eine nach den jeweiligen Vorstellungen formierte Ordnung zu ersetzen." [6]

So beschreibt das Bundesministerium des Innern den facettenreichen Begriff in seinem Internetauftritt. Es ist jedoch politisch und wissenschaftlich umstritten, was unter den Terminus des politischen Extremismus fällt.

Der Begriff „Extremismus" lässt sich aus den lateinischen Worten „extremus" und „extremitas" ableiten. In ihrer Bedeutung beschreiben sie das Äußerste, Entfernteste, aber auch das Ärgste, Gefährlichste und den äußersten Punkt, den Rand. In einem systemischen Verständnis ist also eine Position gemeint, die extrem weit von der ideellen Mitte der Gesellschaft entfernt ist. Dabei gelten als politisch extremistisch solche Positionen, die sich – als politische Strömungen – an den Rändern des politischen Spektrums befinden oder sich in diese Richtung bewegen. Legt man zugrunde, dass das politische Spektrum einer Gesellschaft auf einer Rechts-Links-Achse abgebildet werden kann, wird die Umschreibung deutlich (Neugebauer 2010: 5).

Ziele, die sich gegen den Kernbestand des Grundgesetzes richten, werden als extremistisch benannt. Das Bundesverfassungsgericht hat im Jahre 1952 diesen Kernbereich folgendermaßen beschrieben:

„Freiheitliche demokratische Grundordnung im Sinne des Art. 21 II GG ist eine Ordnung, die unter Ausschluss jeglicher Gewalt und Willkürherrschaft eine rechtsstaatliche Herrschaftsordnung auf der Grundlage der Selbstbestimmung des Volkes nach dem Willen der jeweiligen Mehrheit und der Freiheit und Gleichheit darstellt. Zu den grundlegenden Prinzipien dieser Ordnung sind mindestens zu rechnen: die Achtung vor den im Grundgesetz konkretisierten Menschenrechten, vor allem vor dem Recht der Persönlichkeit auf

---

6 http://www.bmi.bund.de/DE/Themen/Sicherheit/Extremismus/extremismus_node.html, abgerufen am 9.12.2010

Leben und freie Entfaltung, die Volkssouveränität, die Gewalten-
teilung, die Verantwortlichkeit der Regierung, Gesetzmäßigkeit,
die der Verwaltung, die Unabhängigkeit der Gerichte, das Mehr-
parteienprinzip und die Chancengleichheit für alle politischen Par-
teien mit dem Recht auf verfassungsmäßige Bildung und Aus-
übung einer Opposition."

(BVerfGE 2, 1)

Daraus ergibt sich, dass extremistische Bestrebungen in Deutschland
durch die Behörden für Verfassungsschutz nachrichtendienstlich beo-
bachtet werden. Die Formen dieser Bestrebungen können dabei sehr
unterschiedlich sein. Extremistische Einstellungen basieren in der Regel
auf einer grundsätzlichen Ablehnung gesellschaftlicher Vielfalt, Toleranz
und Offenheit. Der Politikwissenschaftler Jesse macht auf die Unkennt-
nis über den Sinngehalt des Begriffs des politischen Extremismus aufmerksam und fordert, ihn aufzufächern. Nur so könne deutlich werden,
dass es *den* Extremismus nicht gebe. Zwar schlössen die verschiedenen
Ebenen einander nicht aus, sondern ergänzten sich – dennoch stehe die
Perspektive, aus der Extremismus betrachtet werde, im Vordergrund
(Jesse 2004: 15).

So gehörten Phänomene wie der Radikalfeminismus ebenso zu einer
extremistischen Haltung wie eindeutig nicht politische Gruppen, z.B.
Sekten. Die Vielgestaltigkeit wird weiter deutlich, wenn Vorgehensweisen rechtsextremistischer Parteien in die Betrachtung mit einfließen.
Denn extremistische Gruppierungen treten höchst unterschiedlich in
Erscheinung. Aus dieser Tatsache folgert Jesse, dass extremistische Bestrebungen aus vier Perspektiven zu betrachten seien

1. Ziele
2. Mittel
3. Organisationsgrad
4. Extremistischer Intensitätsgrad

Unter den Begriff „Extremismus" fallen – nach Jesse – neben linken und rechten Strömungen auch Bestrebungen des politisch-religiösen Fundamentalismus.

Der **Linksextremismus** verabsolutiere ein Gleichheitsdogma, das auch demokratischen Grundideen widerspricht, da er z.t. Rechtsstaatsprinzipien ablehnt.

Der **Rechtsextremismus** hingegen verneine zudem das ethische Prinzip der Fundamentalgleichheit der Menschen.

Der **politisch-religiöse Fundamentalismus** habe die Abschaffung der Trennung zwischen geistlicher und weltlicher Herrschaft zum Ziel.

Das bedeutet, dass extremistische Positionen in erster Linie den demokratischen Verfassungsstaat direkt oder indirekt ablehnen und die Pluralität von Interessen negieren (Jesse 2004: 11). Weitere Strukturmerkmale des Extremismus sind Freund-Feind-Stereotypen und ein hohes Maß an ideologischem Dogmatismus.

Der politische Extremismus zeichnet sich also vor allem durch die Ablehnung des demokratischen Verfassungsstaates aus, was die Verfassungswidrigkeit der Bestrebungen deutlich macht. Daher kann synonym zum Begriff „extremistisch" auch die Begrifflichkeit „verfassungsfeindlich" verwendet werden, die in das Strafgesetzbuch eingeflossen ist. Politischer Extremismus ist jedoch kein Rechtsbegriff, vielmehr gilt er als Formulierung zur Charakterisierung bestimmter politischer Bestrebungen (Neugebauer 2010: 5). Bleibt festzuhalten, dass unter dem Begriff des Extremismus der Gegenbegriff zum demokratischen Verfassungsstaat zu verstehen ist – wenngleich es den Extremismus nicht gibt.

Rechtsextremismus

Der Rechtsextremismus ist kein ideologisch geschlossenes Gebilde. Es gibt allerdings Grundeinstellungen die sich beim Rechtsextremismus ausmachen lassen:

- Ablehnung der für die freiheitliche demokratische Grundordnung fundamentalen Gleichheit aller Menschen;

- Verachtung des auf dem Prinzip gleicher Rechte beruhenden demokratischen Verfassungsstaates;

- übersteigerter, oft aggressiver Nationalismus, verbunden mit einer Feindschaft gegen vermeintlich Fremde, gegen Minderheiten, andere Nationen;

- Verschweigen, Verharmlosung oder Leugnung der Verbrechen, die von Deutschen unter nationalsozialistischer Herrschaft verübt worden sind, Betonung angeblich positiver Leistungen des "Dritten Reiches"[7]

Im Internetauftritt des Bundesministeriums des Innern wird angemerkt, dass die Verfassungsschutzbehörden terminologisch zwischen dem Begriff „Extremismus" und dem Begriff „Radikalismus" unterscheiden, obwohl beide anderweitig oft synonym gebraucht werden. Radikal ist eine Bestrebung, die gesellschaftliche Probleme und Konflikte bereits „von der Wurzel (lat. radix) her" anpacken will. Der demokratische Verfassungsstaat soll aber nicht ganz oder nur teilweise beseitigt werden (ebd.)

In diesem Verständnis sind auch die vorurteilsmotivierten Straftaten zu sehen, die das Spezifikum der Systemüberwindung eben nicht haben.

2.4 Zur statistischen Erfassung von „Politisch motivierter Kriminalität rechts": Rechtsextreme Straftaten und Hassverbrechen – Aussagekraft und Geltungsbereiche der Daten

Im Zuge unserer Studie zur Einschätzung der Beratungssituation von Opfern rechter Gewalt in Hamburg sind wir auf diskussionswürdige Sachverhalte gestoßen, die die statistische und polizeiliche Erfassung rechter Gewaltformen betreffen und die einer näheren Betrachtung unterzogen werden sollten.

Definition

„Zentrales Erfassungskriterium des zum 1. Januar 2001 eingeführten Meldesystems "Politisch motivierte Kriminalität" (KPMD - PMK) ist die politisch motivierte Tat. Als politisch motiviert gilt eine Tat insbesondere dann, wenn die Umstände der Tat oder die Einstellung des Täters darauf schließen lassen, dass sie sich gegen eine Person aufgrund ihrer politischen Einstellung, Nationalität,

---

7 Bundesministerium des Innern:
http://www.bmi.bund.de/cln_156/DE/Service/Glossar/Functions/glossar.html?nn=10509 4&lv2=296448&lv3=152416, abgerufen am 25.9.2010

Volkszugehörigkeit, Rasse, Hautfarbe, Religion, Weltanschauung, Herkunft, sexuellen Orientierung, Behinderung oder ihres äußeren Erscheinungsbildes bzw. ihres gesellschaftlichen Status richtet".[8]

So lautet die offizielle, behördliche Definition des Begriffs „Politisch motivierte Kriminalität".

Darüber hinaus umschreibt diese Formulierung Straftatbestände, die einen Tatbestand der in den §§ 80 – 83, 84 – 86a, 87 – 91, 94 – 100a, 102 – 104a, 105 – 108e, 109 – 109h, 129a, 129b, 234a, 241a der im Strafgesetzbuch erfassten, klassischen Staatsschutzdelikte erfüllen. Der Bereich der politisch motivierten Kriminalität (folgend PMK) unterteilt sich weiter in fünf Phänomenbereiche, die je nach zugeordneten Sachverhalten folgende Bereiche umfassen:

- Politisch motivierte Kriminalität – rechts (PMK-rechts)
- Politisch motivierte Kriminalität – links (PMK-links)
- Politisch motivierte Ausländerkriminalität (PMAK)
- Terrorismus
- Sonstige[9]

Allgemeines zur Erfassung in der polizeilichen Kriminalstatistik

Bekannt gewordene und aufgeklärte Straftaten und polizeilich ermittelte Tatverdächtige werden in der Polizeilichen Kriminalstatistik (PKS) registriert. Dieses jährlich vom Bundeskriminalamt (BKA) veröffentlichte Zahlenwerk basiert auf den Daten der Landeskriminalämter, die die Daten wiederum von den jeweiligen Polizeidienststellen erhalten (Göppinger: § 23c, Rdnr. 19). Neben dem Bundeskriminalamt erstellen auch die Bundesländer eine Kriminalstatistik, die einmal jährlich der Öffentlichkeit präsentiert wird.

Die PKS dient der Beobachtung der Kriminalität und ihrer einzelnen Deliktsarten ebenso, wie der Erlangung von Erkenntnissen über Krimi-

---

8 Bundesministerium des Innern:
http://www.bmi.bund.de/cln_104/DE/Service/Glossar/Functions/glossar.html?nn=10509 4&lv2=296444&lv3=151906, abgerufen am 18.8.2010

9 http://www.kriminologie.uni-hamburg.de/wiki/index.php5/ Politisch_motivierte_ Kriminalität._ Definition, abgerufen am 17.8.2010

nalitätsphänomene (BMI: Polizeiliche Kriminalstatistik für das Jahr 2008). Auf dieser Grundlage wird ein Lagebild erstellt, das der vorbeugenden und verfolgenden Verbrechensbekämpfung, der organisatorischen Planung und Entscheidung ebenso dienen soll wie der kriminologisch-soziologischen Forschung und somit letztlich der kriminalpolitischen Planung. Da die Daten der PKS von einigen Faktoren abhängig sind, wie beispielsweise der Sensibilität gegenüber kriminalisierbaren Handlungen und dem Anzeigeverhalten in der Bevölkerung, den juristischen Zurechnungen durch die ermittelnden Beamten und Beamtinnen, der variierenden Kontrolldichte etc., ist die Aussagekraft über Kriminalitätsentwicklungen begrenzt. Es ist daher von Bedeutung, an dieser Stelle die Erfassungsmodalitäten der PKS zu skizzieren, nicht zuletzt, um zu handlungsweisenden Schlüssen zu gelangen.

Die PKS erfasst als sogenannte Ausgangsstatistik Straftaten, die polizeilich bekannt und ausermittelt sind und an die Staatsanwaltschaft abgegeben werden. Das bedeutet, dass die PKS jene Taten erfasst, die in einem Kalenderjahr polizeilich abgeschlossen wurden, und zwar unabhängig vom Tatzeitpunkt.

Die PKS enthält keine echten Staatsschutzdelikte, diese Straftaten werden gesondert in der Statistik zur PMK geführt. Letzte ist eine sogenannte Eingangsstatistik, darin werden die Taten bereits mit Aufnahme der polizeilichen Ermittlung, also beim ersten Anfangsverdacht, erfasst.

Stellen sich Fälle im Verlauf der weiteren polizeilichen Ermittlungen als Fehlermeldungen heraus oder sind falsch kategorisiert worden, wird dies korrigiert. Diese Nachmeldungen und Korrekturen der Landeskriminalämter finden jedoch unter Umständen keinen Eingang mehr in die jährliche Statistik, da für Nachmeldungen eine andere Frist gilt. Das kann in seiner Konsequenz bedeuten, dass ein und dieselbe Straftat, die sowohl in der PKS als auch in der Statistik zur PMK erfasst wird, wegen eben dieses unterschiedlichen Erfassungszeitraumes in unterschiedlichen Kalenderjahren auftaucht.

Die Erfassung von Straftaten aus dem Phänomenbereich „Politisch motivierte Kriminalität"

Staatsschutzdelikte, also Taten, die aus einer extremistischen Motivation begangen wurden,[10] wurden seit 1961 im „Kriminalpolizeilichen Meldedienst Staatsschutz" (KPMD-S) erfasst.[11]

Dieser KPMD-S schließt grundsätzlich alle Straftaten, die aus extremistischen Motivationen, also vornehmlich mit dem Ziel der Systemüberwindung begangen wurden, ein. Eine Schwierigkeit bestand jedoch in der Uneinheitlichkeit der Erfassungskriterien. So wurden mit Beschluss der 167. Innenministerkonferenz vom Mai 2001 bundeseinheitlich geltende Kriterien zur Definition und Erfassung politisch motivierter Straftaten festgelegt und rückwirkend zum 1. Januar 2001 in Kraft gesetzt. Daraus entstanden Richtlinien für den Kriminalpolizeilichen Meldedienst in Fällen politisch motivierter Kriminalität.[12] Danach werden der PMK Straftaten zugeordnet, wenn

1. „in Würdigung der Umstände der Tat und/oder der Einstellung des Täters Anhaltspunkte dafür vorliegen, dass sie:

   - den demokratischen Willensbildungsprozess beeinflussen sollen, der Erreichung oder Verhinderung politischer Ziele dienen oder sich gegen die Realisierung politischer Entscheidungen richten,
   - sich gegen die freiheitlich demokratische Grundordnung bzw. eines ihrer Wesensmerkmale, den Bestand und die Sicherheit des Bundes oder eines Landes richten, oder eine ungesetzliche Beeinträchtigung der Amtsführung von Mit-

---

10 Als Staatsschutzdelikte werden Straftaten bezeichnet, die sich gegen die Verfassung, den Bestand des Staates oder gegen die innere bzw. äußere Sicherheit richten. Für die Erfassung, Verfolgung und Aburteilung von Staatsschutzdelikten gelten in vieler Hinsicht Sonderregelungen, so dass dieser Phänomenbereich von der „normalen" Kriminalität abzugrenzen ist.

11 http://www.kriminologie.uni-hamburg.de/wiki/index.php5/Politisch_motivierte_Kriminalität, abgerufen am 20.9.2010

12 Deutscher Bundestag Drucksache 17/1928, 17. Wahlperiode, Kleine Anfrage der der Abgeordneten Ulla Jelpke, Jan Korte, Wolfgang Neskovic, weiterer Abgeordneter und der Fraktion DIE LINKE. – Politisch motivierte Kriminalität – Antwort der Bundesregierung 07. 06. 2010

gliedern der Verfassungsorgane des Bundes oder eines Landes zum Ziel haben,

- durch Anwendung von Gewalt oder darauf gerichtete Vorbereitungshandlungen auswärtige Belange der Bundesrepublik Deutschland gefährden oder
- gegen eine Person gerichtet sind, wegen ihrer politischen Einstellung, Nationalität, Volkszugehörigkeit, Rasse, Hautfarbe, Religion, Weltanschauung, Herkunft oder aufgrund ihres äußeren Erscheinungsbildes, ihrer Behinderung, ihrer sexuellen Orientierung oder ihres gesellschaftlichen Status und die Tathandlung damit im Kausalzusammenhang steht bzw. sich in diesem Zusammenhang gegen eine Institution/Sache oder ein Objekt richtet

oder

2. Tatbestände der (echten) Staatsschutzdelikte erfüllt sind. Staatsschutzdelikte sind immer als PMK zu erfassen, selbst wenn im Einzelfall eine politische Motivation nicht festgestellt werden kann. Im Einzelnen gelten die folgenden Straftatbestände als Staatsschutzdelikte: §§ 80 bis 83, 84 bis 86a, 87 bis 91, 94 bis 100a, 102 bis 104a, 105 bis 108e, 109 bis 109h, 129a, 129b, 234a oder 241a StGB."

(Deutscher Bundestag Drucksache 17/1928
17. Wahlperiode, 07.06.2010)

Der konkrete Einzelfall, die Tatumstände und die Motivation des Täters oder der Täterin sind entscheidend, welchem der fünf oben genannten Phänomenbereiche der PMK (PMK-rechts, PMK-links, Politisch motivierte Ausländerkriminalität, Terrorismus, Sonstige) eine Straftat zugeordnet wird. Definiert sind die einzelnen Bereiche der PMK im „Definitionssystem Politisch motivierte Kriminalität" und den „Richtlinien für den Kriminalpolizeilichen Meldedienst in Fällen Politisch motivierter Kriminalität" (KPMD-PMK).

Auf Grundlage dieser Kriterien werden Straftaten, die zur Anzeige gebracht werden, aufgenommen. Dieses Definitionssystem fasst nun auch erstmals die Kategorie „Hasskriminalität"[13]. Unter diesen Begriff werden Straftaten gefasst, die gegen eine Person allein wegen ihrer „Nationalität,

---

13 Eine umfassende Definition und kritische Würdigung des Begriffs Hasskriminalität findet sich in Punkt 2.5

Rasse, Herkunft, Volkszugehörigkeit, sexuellen Orientierung, politischen Einstellung, Behinderung, Hautfarbe, Religion, gesellschaftlichen Status oder äußeren Erscheinungsbildes" begangen werden (BMI: Zweiter Periodischer Sicherheitsbericht 2006: 135).

Da in diesem Kontext der Bereich der PMK-rechts Untersuchungsgegenstand ist, wird sich im Folgenden ausschließlich auf diesen Kriminalitätsbereich bezogen. Somit wird die nächste definitorische Eingrenzung zum Begriff der politisch motivierten Kriminalität rechts vorgenommen.

Politisch motivierte Kriminalität – rechts

Entscheidend ist, dass seit jener Neugestaltung des Definitionskataloges im Zuge der 167. IMK im Jahr 2001 eine Tat oder deren Planung nicht mehr die Auflösung oder Außerkraftsetzung der freiheitlichen demokratischen Grundordnung (Extremismus) der Bundesrepublik Deutschland zum Ziel haben muss, um der PMK rechts zugeordnet zu werden. Sind Bezüge zu völkischem Nationalismus, Rassismus, Sozialdarwinismus oder Nationalsozialismus ganz oder teilweise ursächlich für die Tatbegehung werden sie ebenfalls dazugerechnet.[14] Tat oder Planung müssen also nicht mehr nur extremistisch[15] sein. Vielmehr ist nach dem Kriminalpolizeilichen Meldedienst in Fällen Politisch motivierter Kriminalität eine Tat auch dann als politisch motiviert zu erfassen, wenn für den Täter außer einer politischen Motivation weitere Motive für die Begehung der Straftat maßgeblich waren.[16] Dazu zählen Taten, die in diesem Kontext als vorurteilsmotiviert bezeichnet werden. Es werden also auch Taten, die bis dahin nicht zwingend als politisch motiviert galten, hier eingeordnet. Diese Deliktsformen werden unter dem Begriff Hasskriminalität zusammengefasst.

---

14 http://www.bmi.bund.de/SharedDocs/Downloads/DE/Veroeffentlichungen/2_periodisch er_sicherheitsbericht_langfassung_de.pdf?__blob=publicationFile, Abruf am 8.10.2010

15 Zum Extremismusbegriff ausführlich Jesse, E.: Formen des politischen Extremismus, in: BKA (Hrsg.), Texte zur Inneren Sicherheit: Extremismus in Deutschland, S. 7 ff./siehe auch Kapitel 2.3

16 Deutscher Bundestag Drucksache 17/1928, 17. Wahlperiode 07.06.2010, Kleine Anfrage der der Abgeordneten Ulla Jelpke, Jan Korte, Wolfgang Neskovic, weiterer Abgeordneter und der Fraktion DIE LINKE. – Politisch motivierte Kriminalität - Antwort der Bundesregierung 07.06.2010

Politisch motivierte Straftaten, bei denen tatsächliche Anhaltspunkte dafür vorliegen, dass sie gegen die freiheitlich demokratische Grundordnung gerichtet sind, werden der extremistischen Kriminalität zugeordnet. Das bedeutet, dass die Tat darauf ausgerichtet ist, Verfassungsgrundsätze zu beseitigen oder außer Geltung zu setzen. Widerpart des politischen Extremismus ist der demokratische Verfassungsstaat, der auf den beiden Bestandteilen der demokratischen und der konstitutionellen Komponente fußt (Jesse 2004: 17). Schließlich werden auch Täter nichtdeutscher Herkunft, so sie mit ideologischen Straftaten in Verbindung gebracht werden, diesem Phänomenbereich PMK-rechts zugeordnet.

Es bestehen jedoch erhebliche Erkenntnisdefizite zu Qualität und Quantität dieses Kriminalitätsphänomens.

Problemaufriss:
Klassifikationen von PMK-rechts und Hassverbrechen

Da die erste Einschätzung einer Straftat in den meisten Fällen der Polizei obliegt, ist ein bundeseinheitlich geltendes Klassifikationsmuster notwendig. Der Polizeibeamte oder die Polizeibeamtin, der bzw. die eine Straftat zur Anzeige aufnimmt, steht nun vor der Herausforderung, all jene bislang beschriebenen Kriterien zur Erfassung der Tat zu berücksichtigen, um sie statistisch „richtig" zu erfassen. Das bedeutet, dass die Motive des Beschuldigten auf Grundlage des Tathergangs, der Tatumstände, der Hinweise auf menschenverachtende Einstellungen, der Täter-Opfer-Konstellation und ggf. der Opfermerkmale zu bestimmen sind. Das erfordert eine Sensibilisierung der Beamten und Beamtinnen im Hinblick auf die Merkmale, die zur Klassifizierung eines Delikts als Hate-Crime notwendig sind. Geschieht dies nicht, besteht die Gefahr, dass die Tat im weiteren Verlauf des Strafverfahrens nicht als Hate-Crime geahndet wird.

Es sei deutlich darauf hingewiesen, dass die entsprechende Einlassung des Täters maßgeblichen Einfluss auf eine solche Bewertung hat – fehlt sie, ist ein entsprechendes Tatmotiv schwerlich zu erkennen. Es ist davon auszugehen, dass die Täter die wahre Motivlage so weit als möglich verschweigen, um im Zuge der strafrechtlichen Ahndung keine strafverschärfenden Gründe zu liefern. Diese Tatsachen können ggf. in der staatsanwaltlichen Ermittlung oder der Hauptverhandlung eine Wendung nehmen, so dass einem Täter schließlich doch ein Motiv aus einer vorurteilsmotivierten Gesinnung heraus nachgewiesen werden kann. Das bedeutet nicht, dass sich diese Tat auch im polizeilichen Meldewesen wiederfindet, da die Polizei nicht verpflichtet ist, den justiziellen Verlauf eines Falles weiter zu verfolgen. Statistische Korrekturen finden demnach nicht zwangsläufig statt. (Kleffner/Holzberger 2004: 62)

Die Situation in Hamburg

In Gesprächen mit Vertretern und Vertreterinnen der Hamburger Polizei, der Innenbehörde und des Landesamtes für Verfassungsschutz war zu erfahren, dass es ob der genannten Vorgehensweisen zu Erfassungsfehlern kommen könne.

Wird den Strafverfolgungsbehörden eine Straftat zur Anzeige gebracht, so entscheide der Anzeigen aufnehmende Beamte bzw. die Beamtin, ob die Tat den Kriterien der PMK-rechts zuzuordnen sei. In dem Falle, dass die Tat dergestalt klassifiziert werde, werde der Vorgang an die Staatsschutzabteilung des Landeskriminalamtes weitergeben. Weitere Ermittlungen nehme dann ggf. die Abteilung Staatsschutz des Landeskriminalamtes auf, so auch in dieser Fachbehörde die Definitionskriterien als erfüllt im Sinne des Kataloges gelten. Schließlich erhalte das Landesamt für Verfassungsschutz Kenntnis vom Vorgang.

Der Begriff „unechtes Staatsschutzdelikt" beschreibt u.a. ein Körperverletzungsdelikt, das aus einem vorurteilsmotivierten Beweggrund begangen wurde, aber keine Systemüberwindung im Sinne des Extremismusbegriffs zum Ziel hat.

Wird ein Körperverletzungsdelikt angezeigt, das in oben genanntem Sinne ein „unechtes Staatsschutzdelikt" ist, besteht theoretisch die Möglichkeit, dass die Abteilung Staatsschutz des LKA und das Landesamt für Verfassungsschutz keine Kenntnis davon erlangen, weil die Tat nicht als PMK-rechts, als Hasstat, klassifiziert wurde. Letztlich bedeutet dies, dass diese Tat u.U. als „normale Körperverletzung" in der Polizeilichen Kriminalstatistik auftaucht, obwohl es sich eigentlich um eine vorurteilsmotivierte Straftat, um eine Hasstat, handelt.

Die Definition „Hasskriminalität" als Auszug aus dem aktuellen polizeilichen Definitionssystem Politisch motivierte Kriminalität (Stand: 7.2.2007) bezeichnet Taten, bei denen die Tathandlung in Kausalzusammenhang mit der „Nationalität, Volkszugehörigkeit, Rasse, Hautfarbe, Religion, Herkunft, äußeren Erscheinungsbildes, Behinderung, sexuellen Orientierung oder gesellschaftlichen Status" steht, bzw. sich in diesem

Motivzusammenhang gegen eine Institution/Sache oder ein Objekt richtet. Die Staatsschutzabteilung des LKA Hamburg verwendet den Begriff Hasskriminalität in Anlehnung an den international eingeführten Begriff „Hate Crime".[17]

> *„Antisemitische und fremdenfeindliche Straftaten sind Teilmengen der Hasskriminalität. Fremdenfeindlich ist der Teil der Hasskriminalität, der aufgrund der tatsächlichen oder vermeintlichen Nationalität, Volkszugehörigkeit, Rasse, Hautfarbe, Religion, Herkunft, des Opfers verübt wird. Antisemitisch ist der Teil der Hasskriminalität, der aus einer antijüdischen Haltung heraus begangen wird."*[18]

Diese Definition ist Grundlage für den Sachbearbeiter zur Bearbeitung und Zulieferung nach den Richtlinien des Kriminalpolizeilichen Meldedienstes – in Fällen Politisch motivierter Kriminalität (KPMD-PMK, Stand: 18.12.2006).[19]

Weitere Erfassungskriterien finden sich in der Definition der Politisch motivierten Gewaltkriminalität als Auszug aus dem polizeilichen Definitionssystem Politisch motivierte Kriminalität (Stand: 07.02.2007):

„Politisch motivierte Gewaltkriminalität ist die Teilmenge der Politisch motivierten Kriminalität, die eine besondere Gewaltbereitschaft der Straftäter erkennen lässt. Sie umfasst folgende Deliktsbereiche:

- Tötungsdelikte
- Körperverletzungen
- Brand- und Sprengstoffdelikte
- Landfriedensbruch
- Gefährliche Eingriffe in den Schiffs-, Luft-, Bahn- und Straßenverkehr
- Freiheitsberaubung
- Raub

---

17 Ausführlich zum Begriff Hate Crime siehe Kapitel 2.5.

18 Definition „Hasskrimininalität" als Auszug aus dem, aktuellen polizeilichen Definitionssystem Politisch motivierte Kriminalität, Stand. 07.02.2007

19 Dies ist der Inhalt einer E-Mail vom 2. September 2010 im Zusammenhang mit der Zusammenarbeit mit der Staatsschutzabteilung des LKA Hamburg.

- Erpressung
- Widerstandsdelikte
- Sexualdelikte"[20]

Um eine einheitliche Erfassung und Auswertung sicherzustellen, wird die Politisch motivierte Gewaltkriminalität anhand dieses Gewaltdelikte-Kataloges erfasst. Das wesentliche Dilemma besteht also darin, dass in der PKS nicht ersichtlich ist, dass es sich um eine Körperverletzung aus vorurteilsmotivierten Beweggründen handelt. Gerade für den Bereich der Hasstaten ist zu vermuten, dass sich aufgrund von Zuordnungs- und Erfassungsproblemen kein realistisches Bild – jenseits der Dunkelziffer-problematik – der tatsächlichen Vorkommnisse zeichnen lässt.

In einer Kleinen Anfrage der LINKEN an den Hamburger Senat vom 3. August 2010 wird diese Thematik aufgeworfen und die Frage gestellt, ob Hasstat statistisch gesondert erfasst würden.[21] In der Antwort des Senats wird sich auf die Daten der als PMK zugeordneten Taten bezogen, die als Hasstaten klassifiziert werden konnten. Es wird darauf hingewiesen, dass diese Statistik von der Staatsschutzabteilung des LKA geführt werde.

Grundsätzlich ist deutlich zu machen, dass die veröffentlichten Zahlen zum Thema PMK- rechts, speziell zum Phänomen Hasstaten, differenziert zu betrachten sind. Dies gilt auch vor dem Hintergrund, dass die verschiedenen Datenlieferanten ein unterschiedliches Erkenntnisinteresse haben: So ist eine Divergenz zwischen Daten der Behörden – sofern publiziert – und denen der Opferverbände, die ihre Zahlen aus den Kontakten zu Betroffenen generieren, auszumachen.

Das Hamburgische Landesamt für Verfassungsschutz, dem die Vorkommnisse durch die Staatsschutzabteilung übermittelt werden, führt wiederum eine eigene Datei. Es sei angemerkt, dass die Delikte, bis sie in dieser Statistik aufgeführt werden, durch mehrere Filter, bzw. Prüffelder gelaufen sind. Alle eingehenden Fälle werden hier nochmals hinsichtlich

---

20 Dies ist der Inhalt einer E-Mail vom 2. September 2010 im Zusammenhang mit der Zusammenarbeit mit der Staatsschutzabteilung des LKA Hamburg.

21 Bürgerschaft der Freien und Hansestadt Hamburg: Drs. 19/6829, 3.8.10, http://www.buergerschaft-hh.de/parldok/Cache/E040AB86E6C487E0EC018A0C.pdf, abgerufen am 20.8.2010

der Klassifizierung als PMK-rechts betrachtet. Dabei liegt das Augenmerk bei der Überprüfung eines Falles darin, ob das Kriterium „systemüberwindend" und/oder eine politische Bestrebung im Motiv der Tat erfüllt ist.[22] Demnach ist der Verfassungsschutz nicht damit befasst, Vorgänge aus dem Spektrum der PMK-rechts gesondert als Hasstaten zu klassifizieren. Die Ausweitung der Definition hin zu Hasstaten lässt sich also in dieser Datei nicht differenziert darstellen. Kurz: Auch wenn der Verfassungsschutz eine fallbezogene Überprüfung vornimmt, findet der Bereich der Hasskriminalität keinen Eingang in die Statistik, da dieses Kriminalitätsphänomen zu den vorurteilsmotivierten Straftaten gehört, die nicht notwendigerweise das Motiv der Systemüberwindung aufweisen.

In seiner Konsequenz bedeutet dies, dass es schwierig ist, anhand der PKS einen Überblick zur tatsächlichen Lage der PMK-rechts im Sinne der definitorischen Erweiterung in Hamburg zu gewinnen. Der IMK-Beschluss sieht zwar die Zuordnung von Hasstaten zur PMK-rechts vor, die Klassifizierung als solche wird aber durch unterschiedliche Faktoren – wie dargelegt – erschwert. Wie aus der Antwort des Hamburger Senats auf die erwähnte Kleine Anfrage der LINKEN-Abgeordneten Christiane Schneider und Kersten Artus hervorgeht, werden aber Hasstraftaten statistisch innerhalb der PMK – also innerhalb der Statistiken des Staatsschutzes – erfasst.

Durch eine händische Auswertung von Akten aus den Jahren 2006 bis 2009 der Abteilung „Staatsschutz" des Landeskriminalamtes ergibt sich ein skizzenhaftes Bild aus dem Bereich der Politisch Motivierten Gewaltkriminalität.[23] Die Vermutung liegt nahe, dass es in Anbetracht der großen Diskrepanz zwischen den Zahlen aller rechtskräftig wegen eines (gefährlichen) Körperverletzungsdelikts Verurteilten und den Zahlen des Staatschutzabteilung eine Grauzone gibt, in der ein unechtes Staats-

---

22 Zu den originären Aufgaben des Hamburgischen Verfassungsschutzes gehört der „ ...
   Schutz der freiheitlichen demokratischen Grundordnung, des Bestandes und der Sicherheit des Bundes und der Länder." § 1 Hamburgisches Verfassungsschutzgesetz (HmbVerfSchG), vom 7. März 1995.

23 Die Daten entstammen den Akten der Staatsschutzabteilung des Landeskriminalamtes Hamburg. Es handelt sich nicht um rechtskräftig abgeurteilte Taten.

schutzdelikt aus dem Bereich der politisch motivierten Gewaltkriminalität nicht als solches erkannt wurde.[24]

Durch eine fundierte Erhebung und Analyse wäre es möglich, diesen blinden Fleck zu beleuchten. In diesem Rahmen lassen sich nur Defizite vermuten, die durch oben genannte Datendarstellung untermauert werden kann. Um ergänzende Daten generieren zu können wären Opferbefragungen sinnvoll, die eine Erhellung über Motivlagen, Einstellungen und Vorurteilsmotiviertheit etc. mit sich brächten. Einer unserer Gesprächspartner verwies in einem Gespräch in diesem Zusammenhang auf den British Crime Survey in Großbritannien, der regelmäßig Viktimisierungsdaten erhebt. Ähnliche Opferbefragungen gibt es in den USA im Rahmen des National Crime Victimization Survey.

Es ist jedoch darauf hinzuweisen, dass durch diese Vorgehensweise, gerade in Großbritannien, punitive Tendenzen in der Gesellschaft einen enormen Aufschub erleben (Garland 2001). Auch hat dies zur Folge, dass sich der kriminologische Fokus verschiebt: die Folgen von Kriminalität, also die Schädigungen der Opfer, die Kosten usw. werden stärker betont; die Ursachenzusammenhänge von Kriminalität bleiben in ihrer Komplexität unterbelichtet.

Vorläufiges Zwischenergebnis

Es ist auffällig, dass die von unterschiedlichen Stellen generierten Daten in keinen systematischen Zusammenhang gebracht oder abgeglichen werden.

---

24 Im Jahr 2006 gab es 21 Vorgänge bei denen es insgesamt 32 Opfer gab. Dabei findet sich 11 Mal das Delikt „Körperverletzung" i.S.d. Strafgesetzbuches, 9 Taten wurden unter der „Gefährlichen Körperverletzung" subsumiert. Im Jahr 2007 gab es 20 Vorgänge, bei denen es 28 Opfer gab, von denen 3 Polizeibeamte waren. Auch in diesem Jahr wurde das Delikt der „Körperverletzung" 10 Mal erfasst. Im Jahr 2008 kam es zu 34 Vorgängen mit 47 Opfern, von denen wiederum 3 Polizeibeamte waren, in 17 Fällen handelte es sich um eine „Gefährliche Körperverletzung" i.S.d. § 224 des Strafgesetzbuches. Im Jahr 2009 wurden 29 Vorgänge mit 41 Opfern, von denen 2 Polizeibeamte waren, gezählt. In diesem Jahr wurden bisher 18 Delikte als „Gefährliche Körperverletzung" i.S.d. StGB klassifiziert.

In den Jahren 2006 bis 2009 wurden lt. Justizbehörde jeweils zwischen 1.565 und 1.657 Personen nach § 223 StGB (Körperverletzung) in Hamburg rechtskräftig verurteilt. Im Bereich der gefährlichen Körperverletzung (§224 StGB) wurden im gleichen Zeitraum jeweils etwa 900 Personen rechtskräftig verurteilt.

Die Angaben zu Opfern werden bislang lediglich – wenn überhaupt – in den Dokumentationen der Opferverbände und -beratungsstellen registriert und ausgewertet. Es gibt bislang keine systematische, auf diesen Fokus gerichtete, polizeiliche Opferstatistik. Darüber hinaus bleibt zu vermuten, dass viele vorurteilsmotivierte Straftaten und Übergriffe aus den unterschiedlichsten Gründen selten zur Anzeige gebracht werden und somit im Dunkelfeld verbleiben. Sinnvoll wäre, das Konglomerat von Daten und Hinweisen aus

1. Polizeikommissariaten
2. der Staatsschutzabteilung des Landeskriminalamtes
3. PKS (Aufschlüsselung von Gewaltstraftaten, ggf. auch Sachbeschädigungen)
4. KPMD-PMK-rechts
5. Staatsanwaltschaften
6. Gerichten
7. Verfassungsschutz
8. Opferverbänden und -beratungsstellen
9. Einrichtungen der Sozialen Arbeit

in einen auf vorurteilsmotivierte Straftaten fokussierten Zusammenhang zu bringen.

Gründe für das Dilemma liegen z.T. auf Behördenseite:

1. Auf Seiten der Polizeibehörde liegt die Schwierigkeit darin, dass letztendlich einem anzeigeaufnehmenden Beamten die Verantwortung obliegt, ein Delikt zu klassifizieren. So besteht die Möglichkeit, dass es Erfassungsfehler gibt.

2. Da der Verfassungsschutz seine Aktivitäten auf die Beobachtung organisierter Gruppen, die aber kaum Gewaltstraftaten begehen, richtet, bleibt dem Dienst verborgen, in wie weit sich die Erscheinung Hassverbrechen als individuelles Gewaltphänomen darstellt. Als Nachrichtendienst werden dem Verfassungsschutz keine Taten im Zuge eigener Tätigkeiten bekannt.[25]

3. Die Abteilung Staatsschutz des Landeskriminalamtes verfügt womöglich über aussagekräftige Daten, denn sie bündelt als ein-

---

25 Siehe hier noch mal „Aufgaben des Verfassungsschutzes" in Fn. 22

zige Stelle die polizeilich bekannten Fälle. Die Auswertung dieser Daten mit dem Fokus Hassverbrechen wäre durch eine Aktenanalyse möglich, würde aber einen erheblichen zeitlichen und personellen Aufwand bedeuten.

Eine Erhellung der Problematik könnte erreicht werden, wenn es eine definitorische Trennung zwischen den Begriffen PMK-rechts und Hassverbrechen gäbe. Die tatauslösenden Momente „systemüberwindend" oder „vorurteilsmotiviert" zu betrachten, ließe eine exaktere polizeiliche Erfassung zu. Schließlich erscheint es notwendig nach oben genannter Zusammenführung diese Daten in einen Sinnzusammenhang zu bringen, definitionsorientiert einer Analyse zu unterziehen, die Hassverbrechen in den Fokus der Betrachtungen stellen[26] und das Dunkelfeld durch Opferbefragungen zu erhellen.

Auf diese Weise sollte sich ein klareres Bild über vorurteilsmotivierte Gewalt in Hamburg zeichnen lassen, das auch Handlungsempfehlungen für Opferberatungsstellen in Hamburg zuließe.

2.5 Hate Crimes

Wie im Vorangegangenen dargelegt, fallen rechtsextreme und rassistische Straftaten in Deutschland unter den Begriff der politisch motivierten Kriminalität (PMK). Auch die so genannten „Hate Crimes" werden mittlerweile darunter subsumiert. Daher entschieden wir uns, diese Perspektiverweiterung auch der Studie zugrunde zu legen.

Im Definitionssystem PMK heißt es in Absatz 2 u.a., dass unter bestimmten Voraussetzungen „...auch Straftaten, die ebenso in der Allgemeinkriminalität begangen werden können (wie z.B. Tötungs- und Körperverletzungsdelikte, Brandstiftungen, Widerstandsdelikte, Sachbeschädigungen)..." als politisch motivierte Kriminalität bezeichnet und erfasst werden, z.B.

> *„...wenn in der Würdigung der gesamten Umstände der Tat und/oder der Einstellung des Täters Anhaltspunkte für eine politische Motivation gegeben sind, weil sie (...) sich gegen eine Person wegen ihrer politischen Einstellung, Nationalität, Volkszugehörig-*

---

26 Gerade die von den Vertretern des Verfassungsschutzes angesprochene faktische Unterscheidung zwischen systemüberwinden und vorurteilsmotivierten Taten ist hier wesentlich.

keit, Rasse, Hautfarbe, Religion, Weltanschauung, Herkunft oder aufgrund ihre äußeren Erscheinungsbildes, ihrer Behinderung, ihrer sexuellen Orientierung oder ihres gesellschaftlichen Status richten (sog. Hasskriminalität)..."

(BMI 2010: 35f.)

Ursprung und Verbreitung

Obwohl sich Phänomene, die heute als Hate Crimes beschrieben werden, bereits in der Bibel finden lassen und beispielsweise das FBI schon während des Ersten Weltkrieges beschäftigten, wird der Begriff selbst erst seit den 1980er Jahren in den USA verwendet (FBI 2010a). Wenige Jahre später wurde er auch in der europäischen Diskussion adaptiert. Anstoß für die Begriffsfindung in den Vereinigten Staaten waren mehrere Übergriffe auf Afroamerikaner, Asiaten und Juden Anfang der 1980er Jahre, die von Journalisten und politischen Interessenvertretern als Hate Crimes beschrieben wurden (Shively/Mulford 2007: 10).

Im Jahr 1981 verabschiedeten Washington und Oregon als erste Bundesstaaten Hate Crime Gesetze (NIJ 2010). 1985 tauchte der Begriff im Rahmen einer Gesetzesdebatte auch im Repräsentantenhaus der Vereinigten Staaten auf, aus der später der Hate Crime Statistics Act resultierte (McDevitt/Williamson 2002: 1001). Mittlerweile gibt es in 49 der 50 Staaten eigene Hate Crime Gesetze (NIJ 2010). Auch in Europa, z.B. in Frankreich, Schweden und Großbritannien, gibt es seit einigen Jahren Gesetze, die speziell der Ahndung von Hate Crimes dienen sollen (Krupna 2009: 2). Dies gilt jedoch nicht für Deutschland, auch wenn immer wieder Forderungen in diese Richtung laut werden. Kohlstruck und andere Wissenschaftlerinnen und Wissenschaftler sehen diese Forderungen, insbesondere die nach einer Einführung einer entsprechenden Vorschrift in das Strafgesetzbuch, allerdings kritisch und plädieren deshalb für eine Trennung der kriminalsoziologischen und der präventionspolitischen Dimensionen von strafrechtlichen Aspekten (Kohlstruck 2003: 73; vgl. auch Krupna 2010). Seehafer konstatiert:

> *„Es stellt sich die Frage, ob aus Vorurteilen begangene Taten moralisch tatsächlich verwerflicher sind als andere Tatmotive wie Heimtücke, Raffgier, Sadismus, etc., so dass eine besondere Strafschärfung notwendig ist. Im Hinblick auf die weitreichenden Folgen mag dies bejaht werden, dennoch besteht die Gefahr eines politischen Strafrechts."* (Seehafer 2003: 56)

42

Obgleich der Begriff Hate Crime seit nunmehr 30 Jahren verwendet wird, gibt es weder in den USA noch in Europa eine einheitliche Definition (vgl. Krupna 2009; NIJ 2010). Mit der Vielzahl an Definitionen des Begriffs geht auch ein Variantenreichtum bei der Gesetzgebung einher. Sowohl die zu schützenden Gruppen, als auch die Delikte, die unter die Hate Crime Gesetze fallen, und deren Rechtsfolgen variieren in den USA von Staat zu Staat (NIJ 2010). Der Kongress der Vereinigten Staaten definiert Hate Crime als

> *„eine strafbare Handlung gegen Personen, Eigentum oder die Gesellschaft, die als Ganzes oder in Teilen motiviert ist durch das Vorurteil des Täters gegenüber einer Rasse, Religion, Behinderung, sexuellen Orientierung oder Ethnie/Nationalität"*
> (eigene Übersetzung, FBI 2010b).

Hate Crimes reichen demnach von Lynchmorden über die Verbrennung von Kreuzen bis hin zu Vandalismus (FBI 2010a). Dass in der Definition des Kongresses auch die sexuelle Orientierung und eine Behinderung als mögliche Opfermerkmale genannt werden, wird nach wie vor von einigen Interessenvertretern abgelehnt und war zunächst umstritten (Seehafer 2003: 56). Erst das Engagement nationaler Zivilrechtsgruppen, wie z.B. der „National Gay and Lesbian Task Force", hat dazu geführt, dass die Merkmale sexuelle Orientierung und Behinderung in den Katalog mit aufgenommen wurden (Seehafer 2003: 52). Da jeder Bundesstaat eine eigene Definition entwickelt hat, unterscheidet sich die Rechtspraxis z.T. erheblich. Seehafer merkt hierzu kritisch an:

> *„Hate crimes' liegt ein selektives Konzept zugrunde: Kriterien finden nur dann eine Aufnahme, wenn besonders großer politischer Druck entfaltet werden konnte. Die Offenheit für politische Opportunität liegt auf der Hand. Eine hohe Strafe ist an Voraussetzungen geknüpft, die auf problematische Weise von wechselnden Mehrheits- oder Minderheitsverhältnissen, politischen Zielen und Vorstellungen abhängen."*
> (Seehafer 2003: 56f.)

Neben den unterschiedlichen strafrechtlichen Folgen stellt sich das Problem der Sichtbarkeit. So ergeben die Daten, die das FBI jährlich auswertet, ein verzerrtes Bild, weil sie auf unterschiedlichen Definitionen beruhen. Darüber hinaus muss davon ausgegangen werden, dass unter-

43

schiedliche Opfergruppen über eine divergierende Anzeigemacht verfügen. (McDevitt/Williamson 2002: 1004)[27]

Das Definitionsdilemma aus deutscher Sicht

In der europäischen Diskussion ist man sich ebenso uneins wie in der usamerikanischen Debatte über die Bedeutung und Reichweite des Begriffs. In Deutschland wird von einigen Seiten zudem eine Übertragbarkeit des Konzepts angezweifelt. (vgl. Krupna 2009: 9ff.) Sehr detailliert rekonstruiert Krupna in seiner Dissertation „Das Konzept der ‚Hate Crimes‘ in Deutschland“ die wissenschaftliche Diskussion um diesen Begriff (Krupna 2009). Im Zuge einer Analyse bestehender Definitionsversuche stellt Krupna darin u.a. fest, dass sich die potentiellen Opfer(-gruppen) nicht abschließend aufzählen ließen (Krupna 2009: 10). Außerdem werde deutlich, dass Hate Crimes bzw. Hassverbrechen, wie er sie in Vermeidung von Anglizismen nennt, stets Symptome für die Vorurteile innerhalb einer pluralistischen Gesellschaft seien. Aufgrund der zentralen Bedeutung von Vorurteilen sowie der großen Varianz dessen, was unter Hassverbrechen verstanden werden kann, tendieren einige Autorinnen und Autoren zu einer Abkehr bzw. Erweiterung des Begriffs. Mit Blick auf die bestehenden Definitionsversuche benennt Krupna das Phänomen als „vorurteilsbedingte Hasstaten“ und kommt zu einer eigenen Definition:

> „Vorurteilsbedingte Hasstaten sind zweckgerichtete Straftaten physischer und/oder psychischer Art gegen Personen oder Sachen, die unmittelbar oder mittelbar auf diskriminierende Vorurteile bzgl. real oder fiktiv wahrnehmbarer Unterschiede oder Zuschreibungsprozesse zwischen sozialen Gruppen wie z.B. persönlicher Merkmale, Eigenschaften und Lebensweisen zurückzuführen sind.“

> (Krupna 2009: 53)

Krupna unternimmt damit den Versuch, sowohl der Bedeutung des Vorurteils, welches in seiner ablehnenden Form den Hass bedingt und für die Prävention von besonderer Bedeutung ist, als auch die strafrechtlich relevante Motivation, nämlich den Hass des Täters bzw. der Täterin, und

---

27 Zu dem Problem der statistischen Erfassbarkeit in Deutschland siehe außerdem Kapitel 2.2 in diesem Bericht.

die postulierte Offenheit der Opfermerkmale mit einzubeziehen (Krupna 2009: 53f.).

Auch die Arbeitsgruppe „Primäre Prävention von Gewalt gegen Gruppenangehörige" der Stiftung Deutsches Forum Kriminalprävention (DFK) bevorzugt einen eigenen Terminus. Mit ihrer Definition des Begriffs „Vorurteilskriminalität", wie sie Hate Crimes lieber bezeichnen möchte, legt sie den Fokus zwar ebenfalls eher auf soziale Gruppen, die mit Vorurteilen belegt werden; das Moment des Hasses bleibt jedoch außer Acht. Außerdem richten die Autorin und Autoren ihr Augenmerk auf die mit der Gewalthandlung verbundenen Signale an Dritte:

> *„Vorurteilskriminalität sind also Gewaltstraftaten gegen Personen oder Sachen, die der Täter vor dem Hintergrund eines eigenen Gruppenzugehörigkeitsgefühls gegen ein Mitglied einer anderen Gruppe aufgrund deren Eigenschaft – wie Rasse, Nationalität, Religion, sexuelle Orientierung oder sonstiger Lebensstile – ausführt und damit beabsichtigt, alle Fremdgruppenmitglieder einzuschüchtern und die Eigengruppe zu entsprechenden Taten aufzufordern."*

(Rössner/Bannenberg/Coester: 6)

Als zentrales Element der Vorurteilskriminalität macht die Arbeitsgruppe neben der auf einem Vorurteil basierenden Gewalthandlung, also die Botschaft an die Eigen- und Fremdgruppe aus (Rössner/Bannenberg/Coester: 4ff.). Unter Vorurteil verstehen die Autorin und Autoren eine „ablehnende Haltung gegenüber einer fremden Gruppe und deren Mitgliedern", die sich auf das „vermeintliche Wissen über die fremde Gruppe, dem Stereotyp, der negativen Bewertung der fremden Gruppe" stützt und in diskriminierendem Verhalten zum Ausdruck kommt (Rössner/Bannenberg/Coester: 5).

Eine Gewalthandlung liege dann vor, „wenn von der handelnden Person versucht wird, einer anderen Person körperlichen Schaden oder psychischen Schmerz zuzufügen, und wenn das Opfer gleichzeitig danach strebt, eine solche Behandlung zu vermeiden" (Rössner/Bannenberg/Coester: 5). „Botschaft" meint in diesem Zusammenhang, dass durch die Tat nicht nur das unmittelbare Opfer verletzt und in „Angst und Schrecken versetzt" werden soll, sondern eine gesamte potentielle Opfergruppe. Damit soll der Handlungsspielraum dieser Menschengruppe prinzipiell eingeschränkt werden. Die körperlichen und/oder psychischen

Verletzungen oder die Beschädigung des Eigentums erfolgten mit dem Ziel, die Persönlichkeit des Opfers zu treffen und damit gleichzeitig das Selbstempfinden der Opfergruppe. (Rössner/Bannenberg/Coester: 6) Auch Lawrence betont, dass das vorurteilsrelevante Merkmal nicht individuell, sondern gruppenspezifisch sei, und kommt zu dem Schluss, dass mit dieser delikttypischen Voraussetzung eine spezifische Wirkung der Straftaten, nämlich ein Individualitätsverlust bei den Opfern, einhergehe (Krupna 2009: 13).

Auch gesamtgesellschaftlich betrachtet ziehe diese Form von Gewalthandeln weitreichende Folgen nach sich und bedürfe deshalb einer besonderen Würdigung:

> *„Die besondere Gefährlichkeit der vorurteilsbedingten Gewaltkriminalität liegt in ihrem Angriff auf die Grundlagen des friedlichen Zusammenlebens in der zivilisierten Gesellschaft: die Unantastbarkeit der Menschenwürde als Gemeinschaftswert. Brutale Gewalt, die das konkrete Opfer zufällig und gesichtslos auswählt, um eine ganze Bevölkerungsgruppe (Ausländer, Behinderte, Obdachlose, Homosexuelle u.s.w.) symbolisch zu erniedrigen und einzuschüchtern, muss eine Gemeinschaft besonders beachten. Die Wirkungen dieser Taten sind verheerend, da sie zum einen auf Merkmale abzielen, welche das Opfer nicht beeinflussen kann, und zum anderen der gesamten Opfergruppe die einschüchternde Botschaft der Ablehnung, des Hasses und der Angst signalisieren. Schließlich wohnt ihnen ein fataler Aufforderungscharakter an Gleichgesinnte inne: Der kriminalpolitische Begriff der Vorurteilskriminalität bündelt diese Zusammenhänge und sensibilisiert die Gesellschaft für die Gefahren."*

> (Rössner/Bannenberg/Coester: 3f.)

Wir teilen die Einschätzung der Arbeitsgruppe weitgehend, plädieren allerdings für den Begriff „vorurteilsmotivierte Übergriffe". Damit soll auf der einen Seite dem Vorurteil als Tatmotivation Rechnung getragen werden, auf der anderen Seite mit dem Wort „Übergriff" ein Begriff gewählt werden, der auch solche Taten mit einschließt, die nicht strafrechtlich relevant sein müssen, die Betroffenen in ihrer Integrität aber dennoch treffen. Auch erscheint uns der Rekurs auf „Hass" als zu unkonturiert und unspezifisch mit Blick auf das mögliche emotionale Spektrum und die psychischen Komponenten, die vorurteilsmotivierte Gewalthandlungen begleiten können (Ressentiment, Unsicherheit, Abwehr, Entwertung, Projektionen etc.).

In Anlehnung an die Definitionen von Krupna und Rössner et al. kommen wir deshalb zu folgender Bestimmung:

Vorurteilsmotivierte Übergriffe sind physische und/oder psychische Übergriffe gegen Personen oder Sachen, die der Täter/die Täterin vor dem Hintergrund eines eigenen Gruppenzugehörigkeitsgefühls gegen ein Mitglied einer anderen Gruppe aufgrund zugeschriebener, vermeintlich diskriminierbarer Eigenschaften ausübt. Die mit dem Übergriff verbundene Entwertung einer potentiellen Opfergruppe hat meist einen Signalcharakter, der über das konkrete Geschehen hinaus wirkt und Einschüchterung und Verunsicherung bei der Gruppe bewirken soll.

Tätertypologie in Bezug auf die USA

Neben anderen Typisierungen von Hate Crimes z.B. von Gaylin oder Schneider (Krupna 2009: 37) konnten Levin und McDevitt bereits 1993 anhand von Ermittlungsberichten über Hate Crimes des Bosten Police Department mindestens drei unterschiedliche Tätermotivationen identifizieren. Demnach werden zwei Drittel der ausgewerteten Straftaten wegen des Nervenkitzels begangen (*Thrill Hate Crimes*). Die Täter sind in der Regel weiße, männliche Jugendliche, denen ihre Opfer unbekannt waren. Was meist zunächst mit bloßen Verbalattacken begann, endete in der Hälfte der Fälle mit einer Körperverletzung. Besorgt stellen die Autoren in diesem Zusammenhang fest:

„Wenn Gewalt gegen unschuldige Menschen aufgrund ihrer sexuellen Orientierung, Rasse, Religion oder Abstammung zu etwas wird, das Jugendliche als spannenden Zeitvertreib ansehen, dann ist das Niveau der Zivilisiertheit der amerikanischen Gesellschaft extrem gefährdet."

(McDevitt/Williamson 2002: 1006f.)

Deutlich seltener, als die *Thrill Hate Crimes* kommen die sog. *Defensive Hate Crimes* vor. Zu diesem Typus zählen Vorfälle, bei denen der Täter bzw. die Täterin meint, sein bzw. ihr „Revier" zu verteidigen, sei damit die eigene Nachbarschaft, der Arbeitsplatz oder ein anderer Ort gemeint. Die Straftaten haben den Charakter einer Botschaft an das Opfer und die Opfergruppe. Ein abwehrendes Hate Crime kann sich sowohl an Menschen richten, die sich dauerhaft im Quartier des Täters bzw. der Täterin aufhalten (wollen) und dem Täter bzw. der Täterin somit bekannt sind, als auch an Menschen, die dessen bzw. ihr Viertel nur streifen und dem Täter bzw. der Täterin damit zufällig begegnen. In beiden Fällen kann es zu Gewalthandlungen kommen, wobei im ersten Fall diesen meist Drohungen vorausgehen und im zweiten die Angreifer bzw. Angreiferinnen häufig aus mehreren Personen bestehen. (McDevitt/Williamson 2002: 1007)

Mission Hate Crimes werden am seltensten begangen. Darunter werden Übergriffe verstanden, bei denen sich der Täter bzw. die Täterin auf einer Mission wähnt, die der Befreiung der weißen Rasse dienen soll. Nur ein bis zehn Prozent der Hate Crimes zählen zu diesen Taten. Sie gehören allerdings zu den gewalttätigsten. (McDevitt/Williamson 2002: 1008)

Wenngleich sich die drei genannten Typen auf die USA beziehen und nicht ohne weiteres auf Deutschland übertragen werden können, sollen sie an dieser Stelle verdeutlichen, welche Formen Hate Crimes annehmen können.

Täter-Opfer-Konstellationen aus deutscher Sicht

In einer Untersuchung der Arbeitsgemeinschaft für sozialwissenschaftliche Forschung und Weiterbildung der Universität Trier wurden Täter-Opfer-Konstellationen und Interaktionen fremdenfeindlicher Gewalttaten empirisch untersucht. Aus 284 polizeilichen Ermittlungsakten zu fremdenfeindlichen Gewalttaten der Jahre 2000, 2001 und 2002 in NRW wurden Schilderungen von männlichen und weiblichen Tätern, Opfern, Polizeibeamten und Zeugen destilliert und durch Interviews gestützt. So sollten Rückschlüsse auf Täter-Opfer-Konstellationen möglich werden. Es galt die Hypothesen zu überprüfen, ob es sich bei fremdenfeindlicher Gewalt eher um jugendtypische Verfehlungen handele oder sie eher als spezifische Form der Hate Crimes zu analysieren seien. (Willems/Steigleder 2003: 5)

Unterstellt man diese zweite Hypothese, so wird behauptet, dass es sich bei diesen Gewalttaten um rassistisch oder ideologisch motivierte Taten handelt. Diese Art der Gewalt richte sich nicht in erster Linie gegen Jugendliche, so wie es bei jugendtypischen Konfliktkonstellationen meist der Fall ist,[28] sie sei vielmehr Ausdruck einer feindseligen Haltung anderen sozialen Gruppen gegenüber. Konkret richtet sie sich gegen soziale und/oder ethnische Minderheiten.

Der soziale Hintergrund der Opfer lässt sich bislang lediglich aus journalistischen Beiträgen und Dokumentationen von Opferverbänden erkennen, da es keine systematische, auf diesen Fokus gerichtete polizeiliche Opferstatistik gibt.[29] Daten zu Opfertypologien sind mittlerweile im Periodischen Sicherheitsbericht berücksichtigt, eine systematische empirische Überprüfung steht jedoch noch aus.

Im Ergebnis zeigte die Untersuchung der Universität Trier, dass es zwar eine männliche Dominanz bei der geschlechtspezifischen Verteilung der Opfer gibt, jedoch auch Frauen in jedem dritten Fall Opfer fremdenfeindlicher Gewalttaten werden. Zum Vergleich: In anderen Kriminalitätsbereichen, vor allem in der Gewaltkriminalität, sind Frauen als Opfer unterrepräsentiert. Auch der Annahme, dass die Opfer fremdenfeindlicher Übergriffe in der Regel junge Menschen sind, widerspricht die Untersuchung: 47 % der Opfer sind zwischen 25 und 45 Jahren, unter 25 Jahren sind es ca. 46 %. Dies ist vor allem vor dem Hintergrund von Bedeutung, dass sich die Opfer in ihrer Altersstruktur deutlich von den Tätern unterscheiden, deren größte Gruppe zu 72,3 % unter 25 Jahren alt ist.

Eine deutliche Asymmetrie der untersuchten Merkmale zwischen Täter und Opfer lässt sich auch bei der Betrachtung des Familienstandes, der Berufsausbildung und der Delinquenzbelastung finden. Täter haben häufig einen niedrigen Bildungsabschluss, die Opfer fremdenfeindlicher Gewalttaten sind deutlich häufiger verheiratet als die Täter.

Überwiegend finden Gewalttaten mit vorurteilsmotiviertem Hintergrund in Gruppenkontexten statt, auch andere Untersuchung bestätigten das. Taten werden in Gruppengrößen von zwei bis zehn Tatverdächtigen begangen. Lüdemann und Ohlemacher sprechen in diesem Zusammenhang von kollektiven fremdenfeindlichen Handlungen, die, getragen von internen Anreizen, im Gruppenkontext begangen werden. (Lüdemann/ Ohlemacher 2002: 84 ff.) Neben der Herstellung oder Aufrechterhaltung

---

28 Bei der Jugendkonfliktthese stünden sich auf Täter- und Opferseite meist Gruppen männlicher Jugendlicher mit ähnlichem sozialen Hintergrund gegenüber.

29 Zur Situation und dem Dilemma der Erfassung siehe Kapitel 2.4.

einer sozialen Identität dient das Handeln innerhalb einer Gruppe auch zur Herstellung eines Machtgefühls und der Demonstration von Stärke.

Laut Aussage der Täter und Täterinnen, die im Rahmen der Untersuchung der Universität Trier befragt wurden, geschehen etwa die Hälfte aller fremdenfeindlichen Straftaten ungeplant, aus der Situation heraus und in der Gruppe (Willems/Steigleder, 2003: 15). Darüber hinaus konnten die Forscher drei zentrale Handlungstypen identifizieren:

1. Verbale Aggressionen
2. Rein körperliche Gewaltanwendung
3. Körperliche Gewaltanwendung in Verbindung mit aggressiven verbalen auch fremdenfeindlichen Äußerungen.

Bei der Hälfte der untersuchten Fälle habe es sich um eine Kombination aus verbaler und körperlicher Aggression gegen das Opfer gehandelt.

Weiter wurde untersucht, ob es eine mögliche Tatbeteiligung des Opfers durch eine der Tat vorangegangene Provokation gegeben hatte: In 90 % der untersuchten Fälle habe das Opfer nach Einschätzung der Polizei keinen Beitrag zur Tatbegehung geleistet. Der überwiegende Teil der befragten Opfer habe hingegen Versuche der Beschwichtigung innerhalb der Konfliktsituation unternommen.

Resümierend kann aus der Trierer Untersuchung festgehalten werden, dass die Täter-Opfer-Konstellation bei fremdenfeindlichen Delikten in vielen Fällen nicht dem entspricht, was unter jugendtypischen Konflikten zu verstehen ist. Auch wenn die Täter in der Regel männliche Jugendliche mit hoher Delinquenzbelastung, eher niedrigem Bildungsabschluss und geringem sozialen Status sind, muss eine klare Abgrenzung zur allgemeinen Jugendkriminalität getroffen werden. Denn in jugendtypische Konfliktsituationen weisen Täter bzw. Täterin und Opfer Ähnlichkeiten in den sozialen Lebensumständen auf. Diese Ähnlichkeiten ließen sich in dieser Untersuchung jedoch nicht finden. Typischerweise ereignen sich fremdenfeindliche Taten also nicht zwischen gleich großen Gruppen männlicher Jugendlicher mit ähnlichen soziodemographischen Merkmalen und Handlungskompetenzen. Vielmehr handeln Gruppen delinquenzbelasteter Täter gegen Opfer, die keine hohe Delinquenzbelastung aufweisen und sich nicht in einer Gruppe befinden.

Die Trierer Forscher sehen damit die Hate-Crime-Hypothese, wonach gruppenbezogene Vorurteile von Bedeutung für die Opferwahl sind, bestätigt. Die Asymmetrie der Konfliktsituationen, die sich aus diesen unterschiedlichen Merkmalen zwischen Täter und Opfer ergeben (unterschiedliche Gruppenstärke, unterschiedlich ausgeprägte Gewaltbereitschaft und einseitig-aggressive Verhaltensweise der Täter), ließen den Schluss zu, dass die Ursache für den Konflikt nicht, wie häufig bei jugendtypischen Taten, in einem Interessenkonflikt liegt, sondern vielmehr in dem Willen, Macht gegenüber ihnen meist unbekannten Personen zu demonstrieren. Die Täter identifizieren für sich stereotype Feindbilder ethnischer oder politischer Gruppen (Willems/Steigleder 2003: 26).

Kapitel 3: Opferberatung

Ziel dieser Untersuchung ist, eine erste Einschätzung zur Beratungssituation für Opfer vorurteilsmotivierter Übergriffe in Hamburg zu erhalten, um zielgruppenorientierte Beratungsangebote gewährleisten zu können. Daher ist im Kontext dieser Studie der Verweis auf die deutliche Unterscheidung zwischen dem Begriff „Beratung" einerseits und dem der „Therapie" andererseits notwendig.

Der Beratungsbegriff wird in der Fachliteratur vor allem aus einer psychologisch-psychotherapeutischen Perspektive betrachtet. Um die methodische Basis des Beratungsbegriffs zu klären, sind schulenübergreifende Zusammenhänge von Bedeutung. (Ansen 2009: 131)

Beratung wird hier verstanden als ein

> *„...zwischenmenschlicher Prozess, in welchem eine Person in und durch die Interaktion mit einer anderen Person (...) Klarheit über (...) Bewältigungsmöglichkeiten gewinnt."*
>
> (Retter 2002: 352)

Dabei steht eine Problemlage im Vordergrund und nicht, wie im Setting einer Therapie, eine psychopathologische Diagnose. Soziale Beratung ist als zentrale Handlungsmethode der Sozialen Arbeiten zu verstehen, die auf das breite methodischen Repertoire der Methoden der Sozialen Arbeit zurückgreift. Damit unterscheidet sie sich deutlich von psychotherapeutischen Ansätzen. (Ansen 2009: 152)

Auch wenn die Übergänge zwischen Beratung und Therapie oft fließend sind, unterscheiden sich beide Formen der Hilfe sowohl in ihrer Ausgestaltung als auch der professionellen Ausbildung. Beratungsmethoden und Beratungstheorien sind in Anlehnung an verschiedene psychologisch-therapeutische Theorien und Therapien entstanden, in der Praxis arbeiten beide Professionen meist netzwerkartig zusammen. Dennoch muss klargestellt werden, dass es bei der Erhebung des Beratungsangebots in Hamburg mit Blick auf Betroffene vorurteilsmotivierter oder rechtsextremer Gewalt nicht um Interventionen mit dem Ziel einer Behandlung geht. Vielmehr geht es um situative Beratung, die die Lebenssituation, in der sich eine Klientin bzw. ein Klient befindet, in den Mittelpunkt stellt und in der sie/er professionelle Hilfe benötigt. Dabei sind die Grundprinzipien der Beratung zu beachten (Ansen 2009: 132):

- Freiwilligkeit
- Niedrigschwelligkeit
- Unabhängigkeit und Neutralität des Beraters
- Orientierung an den Möglichkeiten des Ratsuchenden
- Nicht-Bevormundung
- Fallbezug
- Problemlösungsorientierung

Im Rahmen einer Beratung wird nach geeigneten Interventionsmöglichkeiten gesucht. Diese können auch im therapeutischen Bereich liegen. Denn nicht selten sind Betroffene durch einen vorurteilsmotivierten Übergriff traumatisiert und benötigen therapeutische Hilfe. Möglich ist aber auch, dass es bei einem einmaligen Beratungsgespräch bleibt, das dem Hilfesuchenden weitere Unterstützungsmöglichkeiten in seiner individuellen Situation aufzeigt.

In jedem Fall ist Netzwerkarbeit und eine Kooperation der Fachdienste und anderer Beteiligter von wesentlicher Bedeutung, um bedarfsgerechte Hilfe zu leisten.

Ansen unterscheidet drei zentrale Interventionsformen in der Sozialen Beratung:

1. Die Weitergabe von Informationen
2. Die Reflexion und Interpretation von Problemen
3. Die Erschließung von materiellen und sozialen Ressourcen im
4. Lebensraum der Ratsuchenden

Diese Notwendigkeiten überlagern sich häufig in der Beratungspraxis (Ansen 2009: 154). Somit ist Beratung eine reflektierende und methodenfundierte Arbeitsform, die gleichermaßen Person und Kontext einbezieht. Sie ist prozess- und ergebnisorientiert ausgerichtet.

Die Herausforderung für einen Berater oder eine Beraterin besteht darin, anhand einer Situationsbeschreibung bedarfsgerechte Hilfestellungen anzubieten. Dabei sind die Bedürfnisse und Realisierungsmöglichkeiten des Ratsuchenden für den weiteren Verlauf ausschlaggebend.

Teil 2
Methoden, Ablauf und Sample der Pilotstudie

Kapitel 4: Untersuchungsdesign

Um eine Einschätzung des Beratungsangebots für Opfer rechtsextremer, rassistischer und antisemitischer Übergriffe in Hamburg gewinnen zu können, wurde eine Methodentriangulation zur Erhebung der Daten gewählt. Durch die Kombination mehrerer Erhebungsverfahren (kritische Würdigung der PKS-Daten, Onlinebefragung von Beratungseinrichtungen, Interviews mit Experten und Expertinnen aus Beratungseinrichtungen, Auswertung einer Fragebogenerhebung) konnten differenzierte Einblicke in die Beratungssituation gewonnen werden.

Abweichungen vom geplanten Untersuchungsdesign

Wie in der Einleitung beschrieben, war geplant, Interviews mit Betroffenen und Opfern durchzuführen. Es wurden daher verschiedenste Anfragen gestellt, auch durch Vermittlung anderer Einrichtungen: Das Landesinstitut für Lehrerbildung und Schulentwicklung bemühte sich beispielsweise Schulen für die Durchführung einer Gruppendiskussion mit betroffenen Schülern zu gewinnen. Weiterhin gab es Versuche der Kontaktaufnahme zu Opfern seitens des Weissen Rings, des Landeskriminalamts Hamburg, dem Republikanischen Anwaltsverein, diverser Beratungsstellen und der Antifa-Initiative Bergedorf. Leider schlugen alle Vermittlungsversuche fehl, so dass weder die geplante Gruppendiskussion noch Einzelinterviews stattfinden konnten.

4.1 Experteninterviews

Anspruch qualitativer Forschungsmethoden ist, Lebenswelten aus Sicht der Handelnden erkennen und beschreiben zu können. Soziale Wirklichkeit kann so besser verstanden werden, um ggf. auf Strukturmerkmale aufmerksam zu machen, die als Erkenntnisquelle dienen können (Flick/Kardorff 2000). Grundannahme qualitativer Methoden ist zudem, dass soziale Wirklichkeit nicht als Sachverhaltszusammenhang zu sehen, sondern vielmehr als Produkt der Interaktions- und Interpretationsprozesse der Individuen zu verstehen ist. Soziale Realität ist aus der Deutungsperspektive der Befragten im Rekurs auf deren lebensweltlichen Kontexte zu erschließen. So können interpretative Rekonstruktionen von Sinnstrukturen hergestellt werden.

Die Wahl des geeigneten Erhebungsverfahrens fiel auf das leitfadengestützte Experteninterview, wie Gläser und Laudel es beschreiben (Gläser/

Laudel 2006). Expertinnen und Experten werden hier anders als z.b. bei Pfadenhauer (2007) nicht nur als Mitglieder einer hoch gebildeten Elite definiert, sondern als „Menschen, die ein besonderes Wissen über soziale Sachverhalte besitzen" (Gläser/Laudel 2006: 10) und aufgrund ihrer „individuellen Position" und ihrer „persönlichen Beobachtungen eine besondere Perspektive auf den jeweiligen Sachverhalt" haben (Gläser/ Laudel 2006: 9). Der weiter gefasste Expertenbegriff in der qualitativen Sozialforschung schließt sowohl die Befragung von Fachleuten als auch die von Betroffenen mit ein, da beide Personengruppen auf ihre Weise über Expertenwissen verfügen.

Die Entscheidung für die von Gläser und Laudel vorgeschlagene Methode gründet sich vor allem auf die Form des Interviews, das mittels eines Leitfadens gleichzeitig offen und strukturiert gehalten wird. Auf diese Weise konnten zwei der zentralen Anliegen, nämlich auf der einen Seite möglichst individuelle Antworten und auf der anderen möglichst gleichartige Informationen zu erhalten, berücksichtigt werden.

Die relevanten Themenkomplexe, hier also z.b. „Wie gestaltet sich der Zugang zu den verschiedenen Beratungs- und Unterstützungsangeboten?" wurden im Leitfaden fokussiert. Die thematischen Schwerpunkte werden kategorisiert, die Kategorien wiederum sind leitend für die Auswertung.

Akquise der Interviewpartnerinnen und -partner

Nach ausführlicher Sondierung der Beratungseinrichtungen in Hamburg und einer entsprechenden Auswahl (siehe Kapitel 4.1), wurden die potentiellen Interviewpartnerinnen und -partner schriftlich und telefonisch um ein Interview gebeten.

Insgesamt wurden 48 Anfragen gestellt, davon erklärten sich 11 Expertinnen und Experten zu einem Gespräch bereit. In einigen Fällen wurden Nachfragen zum Hintergrund der Studie gestellt, die dann telefonisch vorab geklärt werden konnten.

Ablauf der Experteninterviews

Die Gespräche wurden jeweils im Büro der Befragten oder einem angrenzenden Konferenz- oder Therapieraum geführt. Sie waren durchgängig von einer sehr aufgeschlossenen und offenen Atmosphäre geprägt. Bei gut der Hälfte der Gespräche waren zwei Interviewerinnen anwesend, bei der anderen jeweils nur eine. Beide Varianten haben ihre Vorteile. Während in einem Gespräch mit nur einer Interviewerin häufig eine entspanntere Atmosphäre entstehen kann, können zwei Interviewerinnen erfahrungsgemäß mehr wahrnehmen und dadurch ggf. besser vertiefende Nachfragen stellen.

Alle Interviews wurden mit einem Tonband aufgezeichnet. Die zur Beantwortung der sehr fokussierten Fragestellung wesentlichen Passagen der Interviews wurden transkribiert. Die Transkripte umfassen jeweils 15 bis 44 Seiten.

Auswertung der Experteninterviews

Im Gegensatz zu anderen Methoden der qualitativen Sozialforschung orientiert sich die Auswertung von Experteninterviews an themenfokussierten Passagen. Ziel ist es, das überindividuell Gemeinsame der Einzelinterviews herauszuarbeiten. Das bedeutet vor allem, dass die gemeinsam geteilten Erfahrungen der Interviewten im Kontext von Beratungen insbesondere mit Klientinnen und Klienten, die Opfer vorurteilsmotivierter Übergriffe geworden sind, eine Vergleichbarkeit der jeweiligen Interviewpassagen zulassen. Nach einer Verdichtung des Textmaterials werden einzelne Aussagen verglichen. In Anlehnung an Meuser/Nagel wurde in fünf Stufen ausgewertet:

1. Paraphrasierung der Kernaussagen:
Zusammenfassung der Texte in Sinneinheiten, erste Verdichtung
2. Kodierung:
Zuordnung von Überschriften der paraphrasierten Passagen, signifikante Äußerungen der Probanden werden herausgearbeitet, weitere Verdichtung
3. Thematischer Vergleich
Zusammenstellung vergleichbarer Textpassagen, Vereinheitlichung durch Überschriften, textnahe Kategorienbildung
4. Konzeptualisierung
Loslösung vom Primärmaterial und Systematisierung von Relevanzen, Generalisierung
5. Theoretische Generalisierung
Komparative Verdichtung der Kategorien, das Expertenwissen wird in Sinnzusammenhängen typisiert

4.2. Onlinebefragung Hamburger Beratungseinrichtungen

Da nicht mit allen Einrichtungen, die wir im Zuge unserer Recherchen als relevant erachtet haben, persönliche Gespräche stattfinden konnten, zum einen, weil der Versuch, ein Treffen zu vereinbaren aus zeitlichen Gründen (es war Urlaubszeit) scheiterte, zum anderen weil der zeitliche Rahmen der Studie es nicht zuließ, alle infrage kommenden Hamburger Beratungseinrichtungen persönlich aufzusuchen, entschieden wir uns, einen standardisierten Fragebogen zu entwickeln. Ziel dieser quantitativen Erhebung mit teilweise offenen Fragen sollte es sein, ein möglichst umfassendes Bild der Beratungssituation in Hamburg zu erhalten und auch solche Einrichtungen mit einzubeziehen, die Betroffene von vorurteilsmotivierten Übergriffen nicht direkt als Zielgruppe haben, bei denen wir aber davon ausgingen, dass sie dennoch in Kontakt zu Betroffenen kommen könnten.

Aufgrund der zeitlichen Ressourcen und der Tatsache, dass alle Einrichtungen über einen Internetzugang und in den meisten Fällen auch über eine Internetpräsenz verfügen, entschlossen wir uns, unsere standardisierte Erhebung als Onlinebefragung durchzuführen. Diese Wahl hatte den Vorteil, dass die angefragten Einrichtungen den Fragebogen online und somit zu einer beliebigen Zeit ausfüllen konnten und wir ihn per Link problemlos zusenden konnten, ohne die Einrichtungen persönlich aufsuchen zu müssen. Außerdem erleichterte die Technik die Auswertung der Antworten, weil sie eine direkte Übertragung in Excel und damit in SPSS zulässt. Beide Programme können für die computergestützte Datenanalyse verwendet werden, wobei sich SPSS besonders für die umfassende Anwendung einfacher wie komplexer statistischer Methoden eignet (vgl. Zwerenz 2009). Mit knapp 26 Prozent Rücklauf konnte ein, für eine Onlineumfrage, guter Wert erzielt werden. Bei einer Stichprobengröße von 27 Einrichtungen, bedeutet dies in unserem Fall, dass sieben die Befragung komplett durchgeführt haben. Fünf weitere haben darüber hinaus den Fragebogen teilweise ausgefüllt. Aufgrund der geringen Fallzahl entschieden wir uns, die von diesen Teilnehmerinnen und Teilnehmern beantworteten Fragen ebenfalls auszuwerten. Um dennoch die Grundlage der Aussagen transparent zu halten, weisen wir an entsprechender Stelle stets daraufhin.

Methodische Anmerkungen

Jedes Interview – egal ob quantitativ oder qualitativ – ist ein Kommunikationsprozess. Das bedeutet, dass die oder der Befragte, um eine Antwort geben zu können, zunächst die Frage sowohl semantisch als auch inhaltlich verstehen muss. Bei einer Onlineumfrage fehlt jedoch die Möglichkeit des Nachfragens. Wenngleich auch bei unserer Erhebung ein Pretest durchgeführt wurde, kann nie ganz sichergestellt werden, dass jede/r Befragte alle Fragen in gleicher Weise versteht. Zudem kann das Formatieren der Antwort in das vorgegebene Antwortschema einen weiteren Bruch in der Antwort darstellen.

Obwohl die Fragen vollständig nur von sieben, und teilweise von fünf weiteren, also insgesamt von zwölf Einrichtungen beantwortet wurden, und sich somit und aufgrund des Skalenniveaus der meisten Variablen tiefgehendere statistische Verfahren nicht anboten, zeigen die Ergebnisse dennoch eine weitere Facette der Beratungssituation in Hamburg.

4.3 Analyse von Fragebögen der Umfrage „Gewalt gegen Schwule" der AIDS-Hilfe Hamburg, des Magnus Hirschfeld Centrums, von Hein & Fiete sowie „Schwub"

Im Zuge unserer Recherchen stießen wir auf die Onlineumfrage „Gewalt gegen Schwule", die von mehreren Hamburger Einrichtungen für Homosexuelle initiiert wurde und auf deren Webseiten abgerufen werden kann. Nach Auskunft eines Mitarbeiters orientiert sich das Fragebogendesign grob an der bundesweiten Studie, des Berliner Vereins Maneo[30]. Der Fragebogen besteht weitgehend aus standardisierten Fragen und Antwortmöglichkeiten, es finden sich aber auch einige offene Fragen darin.

Die Einrichtungen überließen uns die in der Zeit von Oktober 2009 bis Oktober 2010 angefallenen Fragebögen zur Auswertung. Die Einrichtungen selbst werteten bereits 59 Fragebögen aus, die in der Zeit von März 2007 bis Februar 2008 eingegangen waren. Die Ergebnisse sind über die

---

30 Maneo ist ein Verein, der homosexuelle und bisexuelle Männer im Zusammenhang mit Gewalt- und Diskriminierungserlebnissen berät und unterstützt. Der Verein bezeichnet sich selbst als „schwules Anti-Gewalt Projekt".
(http://www.maneo.de/highres/index.html) (14.12.10)

Einrichtungen zugänglich und werden an dieser Stelle nicht noch einmal vorgestellt.

Für unsere Auswertung wurde zunächst, wie es bei computergestützten statistischen Auswertungsverfahren üblich ist, ein Codebook erstellt. Auf dessen Grundlage wurden die Antwortmöglichkeiten in SPSS übertragen. Dabei stellte sich heraus, dass von den insgesamt 27 zur Verfügung gestellten Bögen nur 17 auswertbar waren. Aufgrund der geringen Fallzahl wurden auch solche Fragen ausgewertet, die nicht von allen Teilnehmern beantwortet wurden. Darauf wird jedoch an entsprechender Stelle hingewiesen. Obgleich die Auswertung mit dem statistischen Analyseprogramm SPSS erfolgte, konnten kaum höhere statistische Verfahren angewendet werden, da die Skalenniveaus der Variablen dies nur in sehr wenigen Fällen zuließen.

Teil 3
Empirische Ergebnisse der Pilotstudie

Bei der Recherche nach passenden Einrichtungen, die sich um die Belange von Betroffenen kümmern, wurde deutlich, dass sich, je nach Art und Schwere des vorurteilsmotivierten Übergriffs, Alter, Geschlecht, Herkunft und sexueller Orientierung der betroffenen Person sowie deren Anliegen, sehr unterschiedliche Anlaufstellen anbieten.

In Hamburg gibt es neben den originären Opferberatungsstellen vor allem solche Einrichtungen, die für Menschen aufgrund bestimmter Merkmale, wie z.B. der Herkunft bzw. eines Migrationshintergrunds, dem Geschlecht oder der sexuellen Orientierung offen stehen und ein breit gefächertes Angebot bieten. Dazu zählen z.B. die Integrationszentren oder die Einrichtungen für homosexuelle Männer und/oder Frauen. Diese Einrichtungen sehen die Beratung und Betreuung von Betroffenen vorurteilsmotivierter Übergriffe oftmals als eine Aufgabe neben vielen anderen an. Darüber hinaus gibt es ein öffentlich zugängliches Angebot von verschiedenen staatlichen Stellen, die sich mit dem Thema direkt oder indirekt befassen und somit einen eigenen Betrag zur Unterstützung der Betroffenen bzw. zur Verhinderung weiterer Vorfälle leisten. Allerdings lassen sich auch diese Stellen nur unter einen weit gefassten Begriff von „Opferberatungseinrichtung" fassen.

Kapitel 5: Ergebnisse der Onlineerhebung

Auf Grundlage unserer Recherchen wählten wir 27 Hamburger Einrichtungen aus, bei denen wir davon ausgingen, dass sie mit Betroffenen vorurteilsmotivierter Gewalt arbeiteten, und baten sie, an der Onlineerhebung teilzunehmen. Je nach Frage kamen bis zu 12 Einrichtungen unserer Aufforderung nach.

5.1 Das Beratungsangebot in den Zahlen der Onlineumfrage

Im folgenden Abschnitt werden die Antworten der teilnehmenden Einrichtungen zu ihrem Beratungs- und Unterstützungsangebot dargestellt.

5.1.1 Zielgruppen

Die von uns befragten Einrichtungen und Anlaufstellen richten sich, je nach Auftrag und Schwerpunktsetzung, an unterschiedliche Zielgruppen. Die Onlineerhebung, an der insgesamt 12 Einrichtungen teilnahmen[31], ergab, dass die meisten Einrichtungen offen für verschiedene Personengruppen sind. Bei etwas mehr als der Hälfte werden Kinder allerdings von der Beratung ausgeschlossen. Männer gehören in zwei von neun Einrichtungen ebenfalls nicht zur Zielgruppe.

Bei jeweils zwei Einrichtungen richtet sich das Angebot entweder an Menschen, denen eine Gewalttat oder denen ein psychisch belastendes Ereignis widerfahren ist, die Zeuge einer bzw. eines solchen wurden oder deren Angehörige betroffen sind. Drei Einrichtungen legen einen Schwerpunkt auf die Beratung von Menschen mit Migrationshintergrund, eine davon auf die Betreuung von Menschen, die sich „mit dem Thema Gewalt auseinandersetzen wollen". Eine Einrichtung kümmert sich um die Unterstützung homosexueller Menschen und eine weitere um Prostituierte und Frauen aus der Prostituiertenszene.

5.1.2 Beratungsangebot

Wie schon die zum Teil sehr unterschiedlichen Zielgruppen vermuten lassen, gestaltet sich auch das Angebot der befragten Einrichtungen sehr vielfältig.

---

31 Näheres dazu siehe Kapitel 4 zum Untersuchungsdesign.

Im Rahmen der Onlineumfrage zeigte sich, dass psychologische Beratung von sechs der neun Einrichtungen angeboten wird, die diese Frage beantwortet haben. Zwei von ihnen ermöglichen zudem pädagogische Beratung. Drei weitere beraten ausschließlich auf Basis pädagogischer Arbeitskonzepte. Beide Angebote werden in der Regel häufig genutzt. Juristische Beratung wird in zwei von neun Fällen geboten, jeweils in Kombination mit psychologischer Beratung bzw. psychologischer und pädagogischer Beratung. Sie wird jeweils nur ab und zu in Anspruch genommen. Interessanterweise lässt sich weder von der Anzahl der Mitarbeiterinnen und Mitarbeiter noch von deren Berufsausbildung auf das Angebot einer Einrichtung schließen. So scheinen Einrichtungen mit Juristinnen oder Juristen nicht zwingend eine juristische Beratung anzubieten, wohingegen Einrichtungen ohne Juristinnen oder Juristen dies sehr wohl tun. Eine vergleichbare Aussage lässt sich allerdings nur in einem Fall für die psychologische Beratung machen.

Drei Einrichtungen begleiten ihre Klienten ab und zu z.B. zu Gerichts- oder anderen Behördenterminen. Auch Einrichtungen, die diese Leistung eigentlich nicht vorgesehen haben, übernehmen dies bei Bedarf. Angeleitete oder freie Selbsthilfegruppen werden von einer Einrichtung regelmäßig unterstützt. Zwei Einrichtungen haben die Möglichkeit ihren Klienten in Ausnahmefällen finanziell zu helfen. Jede der befragten Einrichtungen versteht sich als Vermittlerin von Informationen und Bindeglied zwischen den Klienten und anderen Institutionen. Auch die Beratung von Angehörigen gehört für alle zum Angebotsspektrum. Alle drei Leistungen werden regelmäßig nachgefragt, der Bedarf nach Informationen scheint am größten zu sein. Darüber hinaus arbeitet eine Einrichtung auch im Bereich der Straßensozialarbeit sowie der Schuldnerberatung, eine weitere bietet Unterstützung bei der Abschiednahme und der Identifizierung von getöteten/verstorbenen Angehörigen im Institut für Rechtsmedizin an.

5.1.3 Erreichbarkeit

Fünf der teilnehmenden Einrichtungen beraten ihre Klienten u.a. per E-Mail. Eine der genannten nutzt das Internet weitgehender, in dem ihr Angebot z.B. über Chat- oder andere Internetforen zugänglich ist. Neun von zwölf beraten sowohl telefonisch als auch innerhalb der Räumlichkeiten der Einrichtung. Mit Ausnahme von zweien suchen sie ihre Klientinnen und Klienten bei Bedarf auch vor Ort auf. Zwei weitere arbeiten ausschließlich aufsuchend. Als Beispiele für aufsuchende Beratung werden Schulen, das Jugendamt, Polizeikommissariate oder Unglücksorte genannt.

Alle Befragten (bei dieser Frage haben 12 Teilnehmer die Frage beantwortet) gaben an, unter der Woche tagsüber telefonisch erreichbar zu sein. Mit einer Ausnahme sind sie dies für den gleichen Zeitraum auch per E-Mail. Neun der zwölf Einrichtungen können wochentags tagsüber aufgesucht werden. Am Abend bietet nur eine einzige der befragten Einrichtungen sowohl per Telefon und E-Mail als auch in der Einrichtung selbst Unterstützung an. Nur jeweils zwei weitere sind ebenfalls telefonisch bzw. auf elektronischem Wege am Abend zugänglich. Sechs der zwölf Einrichtungen gaben an, von Montag bis Freitag abends nicht erreichbar zu sein. Wer nachts oder am Wochenende Hilfe benötigt, kann sich an zwei Einrichtungen wenden. Acht Einrichtungen bieten diese Möglichkeit explizit nicht an.

5.1.4 Zugang und Anzeigeverhalten

Die Onlineumfrage ergab, dass es bei sieben von neun Einrichtungen üblich ist, dass die Betroffenen die Beratungsstelle selbstständig aufsuchen und/oder andere Einrichtungen auf sie verweisen. Drei Einrichtungen geben darüber hinaus an, dass sie Betroffene bei Bedarf auch selbst aufsuchen. Zwei Einrichtungen wurden von Klienten ausschließlich über die Vermittlung durch die Polizei, die Feuerwehr oder Rettungsdienste aufgesucht. Weitere Wege durch die Betroffene auf die Einrichtungen aufmerksam werden, sind polizeiliche Anzeigen, Mundzumundpropaganda/persönliche Empfehlungen, die Schlagwortsuche im Internet, die Gelben Seiten, öffentliche Auftritte sowie Presse, Rundfunk und Fernsehen.

Jedoch gaben auch drei von vier Einrichtungen an, dass die Betroffenen nur in den seltensten Fällen Strafanzeige stellen. Nur eine Einrichtung geht davon aus, dass dies fast alle tun. Bei der Arbeit dieser Einrichtung geht es in der Regel aber auch um Raubtaten und Tötungsdelikte.

5.1.5 Anzahl, Qualifikation und Beschäftigungsstatus der Mitarbeiterinnen und Mitarbeiter

Sowohl die Onlineumfrage als auch unsere Experteninterviews ergaben, dass (Sozial)Pädagoginnen und (Sozial)Pädagogen sowie Psychologinnen und Psychologen die am stärksten vertretenen Berufsgruppen bilden.

Mit nur einer Ausnahme arbeiten in allen Einrichtungen, die diese Frage beantworteten (elf Antworten insgesamt), Sozialarbeiterinnen und Sozialarbeiter bzw. Sozialpädagoginnen und Sozialpädagogen. In knapp der Hälfte der Einrichtungen werden außerdem Psychologinnen und Psychologen beschäftigt. In zwei Einrichtungen ist die Berufsgruppe der Medizinerinnen und Mediziner vertreten, in einer weiteren die der Juristinnen und Juristen. Darüber hinaus werden auch Sozialwissenschaftlerinnen und Sozialwissenschaftler beschäftigt, Bürokommunikationskaufleute, Lehrerinnen und Lehrer, Hausmeister, Reinigungskräfte, Rettungssanitäter, Polizisten u.a..

Fast alle befragten Einrichtungen beschäftigen Mitarbeiterinnen und Mitarbeiter mit Zusatzqualifikationen. Systemische Beratung ist die mit Abstand am häufigsten vorkommende Qualifikation (sechs von elf Einrichtungen), gefolgt von Psychotherapie (drei Nennungen) und Traumatherapie sowie Paartherapie (je zwei Nennungen). Darüber hinaus arbeiten in den Einrichtungen auch Mitarbeiterinnen und Mitarbeiter mit einer Spezialisierung in Familientherapie oder einer Ausbildung in Schuldnerberatung, Krisenintervention oder Supervision.

Neun von elf Einrichtungen beschäftigen Mitarbeiterinnen und Mitarbeiter in Voll- oder Teilzeit. Allerdings arbeiten in nur fünf der elf Einrichtungen Vollzeitkräfte. Ehrenamtliche unterstützen die Arbeit der Einrichtungen in fast 70 Prozent der Fälle. Die zahlenmäßig kleinste Gruppe ist die der Honorarkräfte. Sie werden ebenso wie die Ehrenamtlichen in sechs Einrichtungen beschäftigt. Mit Ausnahme einer Einrichtung arbeitet die Mehrheit von Ihnen etwa 8 Stunden im Monat. In über der Hälfte der Einrichtungen arbeiten entgeltlich oder unentgeltlich zwischen drei und zehn Personen. Nur eine Einrichtung weicht stark von der Norm ab. Hier arbeiten insgesamt mehr als 32 Personen.

5.1.6 Finanzierung

Die meisten Einrichtungen bauen auf einer Mischfinanzierung auf. Zwei und mehr Quellen sind die Regel. Neun von elf Einrichtungen finanzieren sich ausschließlich (vier) oder teilweise (fünf) über öffentliche Mittel. Mit sieben Nennungen sind Spenden die zweitwichtigste Einnahmequelle. Eine Einrichtung finanziert sich komplett daraus. Mitgliedsbeiträge werden von drei Einrichtungen erhoben. Zwei von ihnen verfügen darüber hinaus über weitere eigene Einnahmen. Weitere Quellen sind

Stiftungsmittel (zwei Nennungen), Bußgelder aus Strafverfahren (drei Nennungen) und die Kirchensteuer (zwei Nennungen).

Für über die Hälfte der Einrichtungen ist die Finanzierung nur über einen Zeitraum von weniger als drei Jahren sichergestellt.

5.1.7 Dokumentation

Alle elf Einrichtungen, die diese Frage beantworteten, geben an, Anfragen und Kontaktaufnahmen zu dokumentieren. Zu den Merkmalen, die hierbei erfasst werden, zählen regelmäßig Alter und Geschlecht. Darüber hinaus erfragen mehr als die Hälfte einen etwaigen Migrationshintergrund und ein Drittel die sexuelle Orientierung. Die Themen Obdachlosigkeit und Religionszugehörigkeit sind nur für zwei bzw. eine Einrichtung relevant, wobei die Religion nicht von den Einrichtungen erfragt wird, die sich über die Kirchensteuer finanzieren. Weitere Merkmale sind die Betroffenheit von Zwangsheirat oder häuslicher Gewalt, die Lebensgeschichte, die zu einer Wohnungslosigkeit geführt hat, der Aufenthaltsstatus und die finanzielle Situation, der Bildungshintergrund, Deliktspezifika, wie Tatzeitpunkt, Fragen zum Täter, Beziehung zum Täter, Anzeigeverhalten und die subjektive Betroffenheit, weitere Belastungen, therapeutisches Vorgehen, Anzahl der telefonischen und persönlichen Beratungsgespräche, Beratungserfolg, Weitervermittlung sowie Beendigung der Beratung.

5.1.8 Netzwerke

Es gibt ein gut funktionierendes Netzwerk, an dem sich die Beratungsstellen beteiligen und in dem sie zusammenarbeiten. Das zeigt das Ergebnis der Onlineumfrage, bei der sieben Einrichtungen die Frage nach Kooperationspartnern in Hamburg mit Ja beantwortet haben. Regelmäßig wird mit mehreren Institutionen oder Einrichtungen zusammengearbeitet. Fast alle geben an, im Rahmen der Beratung mit der Polizei zu kooperieren. Auch die Jugendämter (vier Nennungen) und Schulen (drei Nennungen) sind häufige Partner. Zwei Einrichtungen arbeiten zudem mit Einrichtungen der Justiz zusammen. Darüber hinaus werden weitere Kooperationspartner genannt.

5.1.9 Öffentlichkeitsarbeit

Die Auswertung der Onlineumfrage zeigt, dass die meisten Einrichtungen unterschiedliche Medien der Öffentlichkeitsarbeit nutzen: So verteilen elf Einrichtungen hin und wieder Flyer und Plakate, sieben von elf sogar mindestens monatlich. Auch der Internetauftritt wird von allen gepflegt, wenngleich mehrheitlich nur halbjährlich oder seltener. Drei der Einrichtungen kümmern sich um ihre Internetseiten allerdings jeden Monat oder sogar öfter, eine berät sogar online. Jede Einrichtung nimmt an öffentlichen Veranstaltungen teil. Sechs von elf sogar etwa monatlich oder wöchentlich. Alle bis auf eine leisten zudem Aufklärungsarbeit z.B. an Schulen. Mehrheitlich werden noch weitere Formen der Öffentlichkeitsarbeit genannt.

5.2 Spektrum und Umfang der berichteten Übergriffe

Sechs von acht Einrichtungen gaben an, Erfahrungen in der Beratung von Menschen zu haben, denen eine vorurteilsmotivierte (Straf-)Tat widerfahren ist. Vier der sechs machen zudem Angaben über die Anzahl, der in den vergangenen Jahren Betroffenen. Drei Einrichtungen gehen von ein bis fünf Personen im letzten Jahr aus, eine von sechs bis zehn. Wird ein größerer Zeitraum von zwei Jahren zugrunde gelegt, verdoppelt sich in drei von vier Fällen die Zahl der Betroffenen. Die Beratung von körperlich und/oder verbal von vorurteilsmotivierten Übergriffen Betroffenen macht etwa ein bis zwanzig Prozent der Arbeit der Einrichtungen, die mit diesem Thema Erfahrungen haben, aus.

Darüber hinaus würden die Mitarbeiterinnen und Mitarbeitern mit verschiedenen Arten von Übergriffen konfrontiert werden. Eine Einrichtung, die sich auf die Betreuung von Prostituierten spezialisiert hat, erfahre z.B. meist von verbaler und körperlicher Gewalt am Arbeitsplatz und im milieunahen Bereich sowie von Gewalt im Bekannten-, Familien- oder Freundeskreis nach Bekanntwerden der Tätigkeit der Betroffenen. Eine Einrichtung, deren Zielgruppe aus Menschen mit Migrationshintergrund besteht, berichtet, dass vor allem häusliche Gewalt sowie die Diskriminierung in öffentlichen Einrichtungen thematisiert werde. Ansonsten reichen die Arten der Übergriffe von Belästigungen und Beleidigungen über Bedrohung und Raub bis hin zu körperlichen Angriffen mit Todesfolge.

Kapitel 6: Ergebnisse der Expertenbefragungen

Auf Grundlage der Gespräche mit Mitarbeiterinnen und Mitarbeitern verschiedener Beratungseinrichtungen, Anlaufstellen und Institutionen sollen im folgenden Abschnitt die im ursprünglichen Untersuchungsdesign entwickelten und im Verlauf der Studie modifizierten Fragen beantwortet werden. Wie bereits erwähnt, war es den Autorinnen in der Kürze der Zeit leider nicht möglich, Interviews mit Betroffenen vorurteilsmotivierter Übergriffe zu führen. Die gewonnenen Erfahrungen lassen allerdings den Schluss zu, dass trotz der generellen Zugangsproblematik solche Befragungen grundsätzlich möglich wären, sofern ausreichend Zeit zur Verfügung stünde, um notwendige vertrauensvolle Beziehungen zu Vermittlern und Beratungsstellen, die von Betroffenen kontaktiert werden, aufzubauen.

6.1 Das Beratungsangebot aus Sicht der befragten Expertinnen und Experten

In den Experteninterviews konnte gegenüber der Onlineerhebung aufgrund eingehender persönlicher Befragungen und der Möglichkeit, die Antworten auf die konkreten Einrichtungen zu beziehen, ein noch differenzierteres Bild gewonnen werden. Die nun folgenden Ausführungen beziehen sich auf Gespräche mit insgesamt elf Expertinnen und Experten.

6.1.1 Zielgruppen der befragten Einrichtungen

In der Gesamtschau der Experteninterviews zeigt sich, dass Menschen, die Opfer eines vorurteilsmotivierten Übergriffs wurden, in Abhängigkeit vom Kontext der Tat, der sozialen Lage, der eigenen Bedürfnisse und weiterer Faktoren unterschiedliche Einrichtungen anlaufen können. Es ist hierbei entscheidend, welche Institutionen für sie aufgrund des Übergriffs zuständig sind oder mit welchen sie Kontakt aufnehmen wollen, kurz: welche Bewältigungsstrategien sie für sich als richtig empfinden.

Wurden sie beispielsweise Zeuge einer Straftat und müssen deshalb vor Gericht eine Aussage machen, können sie hierbei von einer staatlichen Zeuginnen- und Zeugenbetreuungsstelle unterstützt werden. Sehen sich homosexuelle Menschen einer Straftat ausgesetzt, können sie sich bei Bedarf an Sonderbeauftragte der Polizei wenden. Auch im Rahmen eines

Täter-Opfer-Ausgleichs können Betroffene in der Form Unterstützung erfahren, dass ihnen beispielsweise Wiedergutmachung zuteil wird. Ein Täter-Opfer-Ausgleich bietet sich allerdings für bestimmte Personengruppen nicht oder nur bedingt an:

> *„Wenn man Menschen hat, die jetzt mit einem verfestigten Negativbild von Gruppen durch die Gegend laufen und die würden dann (...) befragt werden, ob sie einen Täter-Opfer-Ausgleich mitmachen wollen, dann kriegt man da selten erstmal eine Bereitschaft. Also der klassische Täter-Opfer-Ausgleich findet nicht unter Personen statt, die sich gegenseitig für lebensunwert halten."*
>
> (Interview B., S. 4)

Menschen, denen eine Gewalttat widerfahren ist, können sich u.a. an verschiedene Opferberatungsstellen wenden. Eine dieser Einrichtungen betreut zudem auch Opfer von Naturkatastrophen sowie Angehörige von Opfern.

> *"...die Angehörigen brauchen Unterstützung, damit sie wissen, wie sie mit dem Ereignis, das passiert ist, umgehen können. Und wenn sie nämlich gut damit umgehen können, dann können sie mit dem Opfer wesentlich besser umgehen. (...) es gibt ja auch die Sekundärtraumatisierung. Also sie (...) genauso traumatisiert sein, wie das Opfer selbst, nur haben sie den Schaden nicht direkt selbst erlitten und wissen (...) von daher noch weniger damit umzugehen, als das Opfer selbst."*
>
> (Interview D., S. 2)

Neben den allgemeinen Opferberatungsstellen finden sich auch spezielle Angebote für Homosexuelle, die Opfer eines vorurteilsmotivierten Übergriffs wurden. Für Betroffene mit Migrationshintergrund gibt es eine Antidiskriminierungsberatung. Wie der Name bereits impliziert, ist die Beratung vor allem ein Anlaufpunkt für Menschen mit Diskriminierungserfahrungen. Seit einiger Zeit gibt es in Hamburg ein spezielles Angebot für den Bereich Rechtsextremismus. Die Mitarbeiterinnen und Mitarbeiter kümmern sich neben Menschen, die von rechter Gewalt betroffen sind, auch um solche, die gegen rechte Tendenzen in ihrer Umwelt (in der Familie, am Arbeitsplatz etc.) angehen möchten. Sie unterstützen z.B. Angehörige, Lehrkräfte, Bürgerinitiativen und Verwaltungen. Je nach Konzept richtet sich eine Einrichtung also aufgrund eines spezifischen Tat- oder Opfermerkmals an bestimmte Personen-gruppen.

Die Spezialisierung der Einrichtungen lässt sich zum Teil mit dem spezi-fischen Beratungsauftrag und der Expertise der Mitarbeiterinnen und Mitarbeiter des Trägers erklären, zum Teil mit einem oftmals geringen Budget. Einige der befragten Einrichtungen tendieren allerdings zu einer breiteren Öffnung und beraten aufgrund ihres Konzepts, äußerer Vorga-ben oder eines Mangels an Beratungsalternativen neben den Betroffenen auch die Täter. Wenngleich dies für eine Einrichtung des Täter-Opfer-Ausgleichs auf der Hand liegen mag, und in bestimmten Settings – also immer in Verbindung mit dem oder der Betroffenen – z.B. bei Bezie-hungsgewalt, auch durchaus sinnvoll erscheint, kann dies, wenn die Beratung außerhalb der Konstellation „Täter-Opfer" stattfindet, zu ei-nem Interessenkonflikt für die Mitarbeiterinnen und Mitarbeiter führen.

Die folgende Darstellung soll einen Überblick über mögliche Zielgrup-penmerkmale der von uns befragten Einrichtungen liefern, ohne den Anspruch der Vollständigkeit zu erheben. Die genannten Merkmale tre-ten oftmals in Kombination auf.

Abb. 1
Übersicht möglicher Zielgruppenmerkmale (nicht abschließend)

Quelle: eigene Darstellung

6.1.2 Angebot und Nachfrage

Das Beratungsangebot der Einrichtungen ist sehr vielfältig. Es reicht von psychotherapeutischer Beratung, über pädagogische Interventionen und medizinische Konsultationen bis hin zu finanziellen Hilfen und juristischem Beistand. Auch Präventionsarbeit und politische Interessenvertretung sehen einige Einrichtungen als ihren Auftrag. Die direkte Beratung und Informationsvermittlung wird teilweise ergänzt durch das Angebot, von – zumeist ehrenamtlichen – Mitarbeiterinnen und Mitarbeiter zu belastenden Ereignissen begleitet zu werden.

Ergänzende Ehrenamtshilfe werde z.b. erbracht, wenn Menschen aufgrund einer Angststörung, eines Beinbruchs oder sonstiger Umstände das Haus nicht mehr verlassen und dennoch Erledigungen gemacht werden müssten. Die Beratung ist häufig in verschiedenen Sprachen möglich. In einigen Fällen würden auch Dolmetscher hinzugezogen werden.

Äußerungen zur zahlenmäßigen Inanspruchnahme der Beratungseinrichtungen wurden von den meisten Befragten gemacht. Die Spannweite reichte dabei von etwa 850 bis 1750 Ratsuchenden jährlich. Dennoch muss davon ausgegangen werden, dass einige Einrichtungen auch deutlich weniger angelaufen werden, da ihnen schlicht die Mittel fehlen, um an jedem Werktag ansprechbar zu sein.

Die meisten Einrichtungen arbeiten nach dem „Komm-Prinzip" und bieten sowohl persönliche als auch telefonische Beratung an. In vielen Fällen gehe es vor allem darum, die Betroffenen zu informieren.

> *„Gerade bei traumatisierten Menschen ist es wichtig, dass sie erst mal wissen, was mit ihnen passiert ist, dazu dient der Bereich der Psychoedukation. Denn geht es darum (...), dass die Leute wieder stabiler durch den Alltag gehen können..."*
>
> (Interview D., S. 5)

Eine Einrichtung sehe sich und ihre ehrenamtlichen Mitarbeiterinnen und Mitarbeiter als Lotse für Kriminalitätsopfer, der wisse, auf welchen Wegen man die bestmögliche Hilfe erlange und darum bemüht sei, diese zu organisieren. Dabei gehe es vor allem darum menschlichen Beistand zu leisten und

> *„das Opfer, (...) bildlich gesprochen, an die Hand zu nehmen und ihm zu sagen, dass wir das jetzt gemeinsam (...) meistern werden. Wir sagen ihm, dass wir an seiner Seite stehen und ihm helfen, (...) diese Situation zu bewältigen."*
>
> (Interview C., S. 8)

Andere Einrichtungen verfolgen eher einen zivilgesellschaftlichen Ansatz und arbeiten vor allem präventiv oder richten ihr Angebot an Personengruppen oder Verbände und öffentliche Einrichtungen. Auch die Beratung nicht direkt Betroffener ist möglich.

„...wir verfolgen ja einen sehr zivilgesellschaftlichen Ansatz. Also versuchen eben wirklich mit Leuten vor Ort GEMEINSAM zu gucken, die da dann zu unterstützen und zu beraten, was sie tun können, (...) um eben nachhaltig (...) Strukturen zu schaffen."

(Interview F., S. 5)

Eine der von uns befragten Einrichtungen, die sich an homosexuelle Menschen richtet, bietet psychosoziale Beratung zum Thema sexuelle Orientierung im weitesten Sinne an. In erster Linie gehe es um Themen, wie Coming Out, Rechtsfragen, Erfahrungen mit Vorurteilen und Diskriminierung sowie Gewalt. Diese Einrichtung kann bei Bedarf auf ein homosexuelles Netzwerk zurückgreifen:

„Und zwar, wir führen einen Verweisführer, den wir uns im Laufe der Jahre selber (...) erarbeitet haben, im Hinblick auf schwule Therapeuten, schwule Ärzte, was auch immer sozusagen angefragt wird. Weil, die meisten Schwulen und Lesben möchten – oder Rechtsanwalt – möchten einfach gerne von seinesgleichen sozusagen vertreten werden."

(Interview I., S. 4)

Einige Einrichtungen verfolgen das Ziel, zwischen den verschiedenen Parteien zu vermitteln und beide Seiten zu befrieden. Aber auch das Starkmachen und die Unterstützung bei der Vertretung der eigenen Rechte können im Mittelpunkt der Arbeit stehen. Eine Befragte nennt zudem fallbezogene Eigenrecherchen als Teil ihres Aufgabenspektrums. Diese seien sinnvoll, um die skizzierten Situationen nachvollziehen zu können. Wenn davon ausgegangen werde, dass eine Diskriminierung bei der Vergabe von Wohnraum oder Arbeitsplätzen vorliege, gäbe es auch die Möglichkeit des Testings. Hierbei werden dann beispielsweise Wohnungsbaugenossenschaften oder Arbeitgeber auf ihr Auswahlverhalten hin getestet, indem sich Menschen mit einem vergleichbaren Profil, aber ohne das vermutete Diskriminierungsmerkmal der oder des Ratsuchenden, um die gleiche Wohnung bzw. Arbeitsstelle bewerben.

Einen gegenteiligen Ansatz verfolgt eine andere Einrichtung, die ihren Auftrag vor allem darin sieht, die Betroffenen für eine bestimmte Situation zu stabilisieren und nicht den Übergriff zu verarbeiten oder zu vermitteln. Diese spezielle Herangehensweise hängt mit dem Setting zusammen, in dem die Beratung stattfindet.

6.1.3 Abläufe und Vorgehensweisen

Viele der von uns befragten Einrichtungen schildern ähnliche Abläufe und Vorgehensweisen. Häufig werde in einem ersten Gespräch zunächst das Angebot, die Arbeitsweisen sowie das zugrunde liegende Konzept der Einrichtung skizziert und geschaut, welche Gründe die Betroffene oder den Betroffenen in die Einrichtung geführt habe. Teilweise würden solche Gespräche auch telefonisch geführt und reichten den Hilfesuchenden bereits aus.

> *„Also das heißt, zuerst gehen sie durch die Telefonberatung, dann wird geklärt worum es geht. Manchen Leuten reicht es auch schon die Telefonberatung, weil sie dann einfach wissen, was los ist mit ihnen oder welche Möglichkeiten sie haben. Das heißt, die reine Information kann denn schon am Telefon stattfinden, damit sind einige zufrieden erstmal. Vor allen Dingen Männer sind dann häufig erstmal ausreichend informiert, weil sie gar nicht mehr wollen, weil sie eine therapeutische Intervention gar nicht wollen, sondern sich nur informieren wollen.“*
>
> (Interview D., S. 2f.)

Die Einrichtungen bemühen sich, den Betroffenen so schnell wie möglich Unterstützung zu gewähren. In Abgrenzung zu einer Therapie können die Betroffenen die meisten Beratungsangebote maximal fünf Mal nutzen. Vielen sei damit bereits geholfen:

> *„Dann kommt dazu, dass Leute hier einen Termin bekommen und da haben wir die Möglichkeit, eben ein oder mehrere Gespräche anzubieten. Und bei einigen reicht es aus (...) Wir müssen auf unsere Kapazitäten achten (...) und ein kleines traumatisches Ereignis kann dann ausreichend bearbeitet sein.*
>
> (Interview D., S. 2f.)

Nur wenige Einrichtungen haben die Kapazitäten, Betroffene über mehrere Jahre hinweg zu begleiten. Einige Einrichtungen bieten die Möglichkeit im Anschluss an die Beratung, ein Gruppenangebot in Anspruch zu nehmen. Werde in den Gesprächen der Bedarf für eine weiterführende Therapie erkannt, verweisen die Beraterinnen und Berater an niedergelassene Therapeutinnen und Therapeuten. Im Falle einer Einrichtung, die sich auf die Beratung Homosexueller spezialisiert hat, erfolge hierzu eine Beratung nach dem Konzept des „Gay Counceling". Darin würde beispielsweise geklärt, welche Therapieform geeignet sei, welches Geschlecht und welche sexuelle Orientierung der Therapeut oder die Therapeutin im Hinblick auf die vorliegende Problemlage haben solle und welcher Therapeut in Frage käme. Für solche Fälle und andere Bereiche, in denen Dritte hinzugezogen werden sollen, pflege die Einrichtung einen spezifischen Verweisführer.

Eine Befragte schildert, dass bei struktureller Diskriminierung, z.b. im Falle eines sich wiederholenden, behördlichen Aktes, auch strategisch vorgegangen werde. Dafür könne es notwendig sein, zuständige Behörden einzubeziehen.

In einem Gespräch wurde deutlich, dass sich das ursprüngliche Beratungskonzept in der Praxis nicht bewährt hatte und modifiziert werden musste. So war in diesem Fall zunächst angedacht, beim Auftreten rechtsextremer Vorfälle, spezifische Teams aus Fachleuten zusammenzustellen und deren Arbeit zu koordinieren. In der Praxis habe sich dann aber gezeigt, dass das Team selbst die Bearbeitung der Fälle übernehme und bei Bedarf Honorarkräfte mit einbeziehe. Wenn rechtsextreme Tendenzen sichtbar würden, eruierten die Mitarbeiterinnen und Mitarbeiter der Einrichtung, ob es sich dabei um einen Einzelfall handele, oder ob sich dahinter mehr verberge. Wird über rechtsextreme Übergriffe in den Medien berichtet oder erfährt das Beratungsteam auf anderem Wege davon, suche es auch von sich aus den Kontakt zu den Betroffenen. Gemeinsam mit der oder dem Ratsuchenden entscheiden die Beschäftigten wer die Beratung durchführe. In der Regel kämen die Betroffenen in die Einrichtung. Wenn diese es wünschen, suche das Team bzw. ein Teammitglied diese aber auch an einem anderen Ort auf. Erstgespräche würden in dieser Einrichtung meist zu zweit geführt.

6.1.4 Beratungsinhalte

Die befragten Einrichtungen beraten je nach Zielgruppe und Auftrag zu unterschiedlichen Themen. Diese reichen von Erfahrungen des Diskriminiert- oder Beraubtwerdens, über körperliche Übergriffe durch Fremde und sexuellem Missbrauch in der Kindheit, der Jugend oder im Erwachsenenalter bis hin zu traumatischen Naturkatastrophen. Auch rechtliche Fragen werden teilweise thematisiert.

> *„...die Hilfe ist vielfältig und auch sehr unterschiedlich, wie gesagt. Es kommt stets auf den individuellen Einzelfall an.“*
>
> (Interview C., S. 11)

Trotz des weiten Spektrums, lassen sich in allen Einrichtungen Schwerpunkte ausmachen, z.B.:

> *„Hauptbereiche sind bei uns sexuelle Gewalt und Beziehungsgewalt, das sind die beiden größten Themen, die bei uns vorkommen. Natürlich ist Stalking in den letzten Jahren dazu gekommen, weil dafür eine Sensibilität entstanden ist."*
>
> (Interview D., S. 1)

Die Beraterin einer anderen Einrichtung hört in ihrer Sprechstunde vor allem Berichte über Alltagsdiskriminierung:

> *„...alltägliche Diskriminierungen im öffentlichen Raum, beim öffentlichen Nahverkehr oder im Umgang mit Behörden. Es geht um Wohnen, viel um Wohnen. Es geht einerseits um Diskriminierungen durch die Wohnungsbaugesellschaften, aber auch durch Bewohner, Nachbarn drum herum, Mobbing und so weiter. Es geht um Schwierigkeiten bei der Arbeitssuche und Ausbildungsplatzsuche. Dabei geht es relativ viel um Diskriminierung im Bewerbungsverfahren. (...) da gibt es einen deutlichen Schwerpunkt bei Menschen mit muslimischem Hintergrund im Moment. Das kann sich immer mal wandeln, aber gerade Frauen mit Kopftuch haben viel zu erzählen. Was gibt es denn noch? (...) Mobbing am Arbeitsplatz. Ja das sind die Schwerpunkte würde ich sagen."*
>
> (Interview K., S. 7f.)

Es gibt auch Einrichtungen, die aufgrund ihres Auftrags und der Rahmenbedingungen, in denen sie arbeiten, bestimmte Aspekte, wie z.B. die Tat selbst, nicht thematisieren, sondern vor allem auf die Bewältigung einer bestimmten Situation fokussieren.

> *„Also, wir reden über die Angst, ich rede über die Angst und über die Funktion der Angst, dass wir vorsichtig sind, ... aber das wir eben auch leicht hysterisch werden können. Ich rede darüber, dass wir alle Opfer der Mediengesellschaft werden können. (...) Also ein Beratungsstrang ist, dass Ernstnehmen der Gefühle."*
>
> (Interview A., S. 7f.)

Neben Einrichtungen, die ausschließlich mit Opfern oder deren Angehörigen arbeiten, gibt es auch solche, die darüber hinaus einen breiteren, zivilgesellschaftlichen Ansatz verfolgen: So werden von einigen Hamburger Beratungseinrichtungen beispielsweise lokale Bündnisse gegen

Rechtsextremismus bei ihrer Gründung und Verstätigung unterstützt, gemeinsam mit Vereinen oder Verbänden, wie dem Hamburger Hotel- und Gaststättenverband, Informationsmaterial gegen Rechtsextremismus gestaltet, Lehrer oder ganze Kommunen zum Umgang mit Rechtsextremismus beraten und Projekttage an Schulen angeboten. Inhaltlich kann so etwas folgendermaßen aussehen:

> *„Wir liefern dann zum Beispiel, sagen wir mal, einen Bausatz von Argumenten, demokratischen Argumenten zu wesentlichen Programm-Passagen der NPD. (...) Ansonsten aber würden wir immer raten, das in den Unterricht so einbeziehen, dass sozusagen (...) das problematische Subjekt doch irgendwie pädagogisch mit einbezogen wird und ein Prozess abläuft, der den Schüler/die Schülerin nicht in die Ecke stellt, sondern möglichst dazu beiträgt, dass die Lerngruppe auch erhalten bleiben kann und dass so etwas wie ein Verständnis für diese Jugendproblematik auch vorhanden ist. Das ist im Grunde die Leitlinie: Solange es dein Schüler ist, ist es niemals dein politischer Gegner, egal was er sagt. Und das ist sozusagen das pädagogische Ethos.“*
>
> (Interview E., S. 2f.)

6.1.5 Berufsqualifikationen der Beratenden

Bei den Berufsqualifikationen der Beratenden muss unterschieden werden zwischen ehren- und hauptamtlichen Mitarbeiterinnen und Mitarbeitern. Die professionellen Teams setzen sich i.d.R. aus psychologischen und ärztlichen Psychotherapeutinnen und Psychotherapeuten und/oder Pädagoginnen und Pädagogen zusammen. Aber auch Sozialwissenschaftlerinnen und Sozialwissenschaftlern sind vertreten. Viele Beratende verfügen über eine Zusatzqualifikation, z.B. in systemischer Beratung.

In verschiedenen Gesprächen wurde darauf hingewiesen, dass bei Bedarf an Spezialisten, wie z.B. niedergelassene Therapeutinnen und Therapeuten verwiesen werde, die über besondere Kenntnisse verfügten. Ein Interviewteilnehmer dazu:

> *„weil traumatisierte Menschen Therapeuten brauchen, die in diesem Bereich versiert sind, weil sonst werden grobe Fehler, therapeutische Fehler begangen.“*
>
> (Interview D., S. 5)

Neben hauptamtlichen Mitarbeiterinnen und Mitarbeitern arbeiten in den meisten Einrichtungen auch ehrenamtliche. Die meisten von ihnen verfügen über ähnliche Qualifikationen wie ihre professionellen Kolleginnen und Kollegen. Dies sei unabdingbar, wie ein Befragter betont:

„Interviewerin: (...) das nehmen Sie auch als Voraussetzung, dass man (...) Sie unterstützen kann?

Befragter: Anders geht es nicht. Ich kann gerne Leute motivieren und bitten, sich zu engagieren, wenn sie aber die Fertigkeiten und Fähigkeiten nicht mitbringen, dann ist es für die Klienten nicht gut und auch im Bezug auf die Qualitätssicherung nicht zu vertreten. Deshalb ist das Team mit 10 bis 15 ehrenamtlichen Mitarbeiterinnen und Mitarbeitern relativ klein."

(Interview I., S. 2)

Eine von uns befragte Einrichtung setzt fast ausschließlich Ehrenamtliche in der Beratung ein. Diese kämen aus verschiedenen Berufsfeldern und verfügten daher über sehr unterschiedliche Qualifikationen. So seien darunter beispielsweise ehemalige Richterinnen und Richter sowie Ärztinnen und Ärzte. Neben der Lebens- und Berufserfahrung sei vor allem eine Begabung auf Menschen zuzugehen, ihnen zuzuhören und sich fürsorglich um sie zu kümmern, wichtig. Um die ehrenamtlichen Helfer auf ihre Aufgabe vorzubereiten und sie kontinuierlich fortzubilden, hat diese Einrichtung ein System aus praktischer Einarbeitung und Aus- und Weiterbildungsseminaren etabliert.

„Das läuft bei uns so, dass Interessenten zunächst einem erfahrenen Opferhelfer zugeteilt werden. Sie müssen diesen in mindestens drei Opferfällen begleiten. So können sie ein Gefühl dafür entwickeln, ob ihnen die Arbeit überhaupt liegt. Bei entsprechender Eignung werden sie zu einem verpflichtenden Grundseminar zugelassen und nach dessen Absolvierung zum ehrenamtlichen Mitarbeiter ernannt. Nach weiterem ‚learning by doing' muss binnen zwei Jahren ein Aufbauseminar besucht werden. (...) Weitere Spezialseminare, z.B. Gesprächsführung, Betreuungsarbeit, Begleitung im Strafverfahren tragen zur Professionalisierung bei."

(Interview C., S 15)

So werde sichergestellt, dass die Mitarbeiterinnen und Mitarbeiter ihrer verantwortungsvollen Aufgabe gerecht werden.

„Ich begegne mitunter dem Vorurteil, dass sich Ehrenamt und Professionalität nicht vertrügen. Dahinter steckt die Fehleinschätzung von Hauptamtlichen, dass sie Profis und Ehrenamtliche dilettierende Laien seien. Ich kenne zahlreiche hauptamtliche Akteure, die von Professionalität weit entfernt sind, aber viele Ehrenamtliche (...), die sie geradezu verkörpern."

(Interview C., S. 14f.)

Der Mitarbeiter einer anderen Einrichtung sieht die Arbeit Ehrenamtlicher im Rahmen von Opferberatung dagegen kritisch:

„Deswegen ist es so wichtig, dass auch ehrenamtliche Arbeit, dass die Menschen gut die Grenze kennen, bis wo sie wirklich hilfreich sind und ab wann sie leider trotz aller Liebe mehr schädigen, als dass sie helfen."

(Interview D., S. 5)

Aufgrund der genannten Einwände werden in dieser Einrichtung keine ehrenamtlichen Mitarbeiterinnen und Mitarbeiter beschäftigt.

6.1.6 Dokumentations- und Datenerfassungspraxis der befragten Einrichtungen

Alle befragten Beratungseinrichtungen führen eine Statistik. Eine Einrichtung weißt allerdings explizit darauf hin, dass bisher die Zeit gefehlt habe, diese auch auszuwerten. Darüber hinaus hat sich in den Gesprächen herausgestellt, dass das, was die Einrichtungen dokumentieren sehr unterschiedlich ist. Während die einen, inhaltliche Aspekte der Fälle notieren, geht es den anderen vor allem um einen Rechenschaftsbericht gegenüber den Vereinsmitgliedern oder den Behörden. So werden neben soziodemographischen Merkmalen, wie dem Alter, dem Geschlecht, dem Familienstand und der Herkunft der Opfer auf der einen Seite vor allem tatrelevante Informationen erfasst, auf der anderen Seite vor allem solche, die den Beratungsprozess und die darin erbrachten Leistungen wiedergeben. Zu den tatrelevanten Informationen zählt z.b. auch die Frage, ob zu dem oder der Täter/in eine Beziehung bestand und wie der Vorfall ablief. Auch Hinweise auf den derzeitigen Zustand der Klientin oder des Klienten werden teilweise festgehalten.

Bestimmte Formen der Dokumentation werden als sehr zeitintensiv und wenig zielführend beschrieben, andere hingegen sicherten die Qualität und unterstützten eine regelmäßige Reflexion der eigenen Arbeit. Um die Anonymität der Klienten zu gewährleisten, müsse teilweise auf eine allzu ausführliche Dokumentation bzw. eine Weitergabe dieser verzichtet werden.

Nur eine einzige Einrichtung erfragt systematisch die Zufriedenheit ihrer Klienten.

6.1.7 Beratungssituation in Hamburg

Das Hamburger Beratungsangebot sei in bestimmten Bereichen sehr gut ausgebaut, in anderen nicht. Wie in den meisten Teilen Westdeutschlands werde das Problem Rechtsextremismus auch in Hamburg eher stiefmütterlich behandelt. Für Betroffene rechtsextremer Gewalt gäbe es in Hamburg nur das Mobile Beratungsteam, wobei die Integrationsberatungen als relativ sensibel für diesen Bereich eingeschätzt werden.

Einige Befragte gehen davon aus, dass mehr Fälle rechtsextremer Gewalt bekannt würden, sofern es eine Beratungsstelle nur für Betroffene solcher Übergriffe gäbe.

Die Tatsache, dass es in Hamburg eine Antidiskriminierungsberatung sowie spezielle Anlaufstellen für Homosexuelle oder Obdachlose gäbe, sei ein Vorteil, vor allem im Vergleich zu ostdeutschen Flächenstaaten. Dennoch halten mehrere Befragte, das Angebot an Opferberatungsstellen speziell für Männer für sehr begrenzt, was auch auf die Entstehung der Opferhilfelandschaft zurückzuführen sei. Diese habe sich aus der Frauenbewegung entwickelt und sei daher vor allem in diesem Bereich stark.

Andere Befragte sehen die Beratungssituation in Hamburg durchaus positiv, da es viele niedrigschwellige Einrichtungen vor Ort gäbe.

6.1.8 Zugang zu den verschiedenen Beratungs- und Unterstützungsangeboten

Aus den Gesprächen mit den Beratungsstellen lässt sich ein Befund klar festhalten: Betroffene rechter Gewalt nehmen sehr selten die von uns kontaktierten Beratungsstellen in Anspruch. In den Expertinnen- und Experteninterviews wurde die Vermutung geäußert, dass sich vor allem sozial Schwache, die Opfer einer vorurteilsmotivierten Straftat werden, oft aus Scham scheuen, eine Beratungsstelle aufzusuchen oder sich an die Polizei zu wenden.

Einer unser Gesprächspartner vermutet z.b., dass Betroffene noch immer befürchten, ihre sexuelle Orientierung werde polizeilich vermerkt:

> *„...denken, dann weiß ja die Polizei, dass ich schwul bin oder komm´ ich vielleicht auf eine rosa Liste? Auch diesen Gedanken gibt`s noch."*
>
> (Interview C, S. 16)

Eine ähnliche Einschätzung gab es auch von einer anderen Beratungsstelle: So würden Betroffene ohne Aufenthaltsstatus den Weg in eine Beratungsstelle aus Angst vor einer möglichen Abschiebung oder vor staatlichen Repressalien scheuen.

Die meisten unserer Interviewpartner äußerten, dass die Klienten den Erstkontakt auf telefonischem Wege herstellten. Die entsprechenden Telefonnummern würden den Betroffenen im Rahmen der Netzwerkarbeit mitgeteilt, so auch durch die Polizei. Auch Mundzumundpropaganda oder bestimmte Formen der Öffentlichkeitsarbeit weisen den Weg in die Beratungseinrichtungen.

Einige Einrichtungen suchen die Betroffenen vorurteilsmotivierter Übergriffe selbst auf oder machen diese sogar auf Eigeninitiative hin ausfindig, in dem sie z.B. auf Hinweise in Zeitungsartikeln reagieren. Besonders im Hinblick auf die häufig geäußerte Vermutung, dass bestimmte Betroffene eine geringe Beschwerdemacht haben und sich scheuen, Hilfe zu suchen, ist dieses Vorgehen relevant.

> *„Befragte: ...dass eher die Meldung in der MoPo drin steht und dann die Berater sagen 'Mensch, da bieten wir mal unsere Hilfe an'. Weil das gerade –*
>
> Interviewerin: *Ach so herum läuft das auch?*
>
> Befragte: *So herum läuft das nämlich auch. Das ist dieses Aufsuchen und selber Fälle generieren, weil das auch in dem Bereich (...) so hochsensibel ist, dass die ja betroffen sind und das gar nicht auf dem Schirm haben, dass sie sich da auch Hilfe suchen könnten."*
>
> (Interview F, S. 15)

Einige unserer Interviewpartnerinnen und -partner berichten, dass die Opfer den Zugang durch die Polizei bekämen, wenn sie Anzeige erstatteten:

„Im Regelfall kommen die Opfer über die Polizei. Aus unseren Statistiken weiß ich, dass die Mehrzahl der Opfer, nämlich rund 40 Prozent, über die Polizei kommt."

(Interview C, S. 22)

Ein weiterer Befund aus den Gesprächen ist, dass von Diskriminierung Betroffene oft zunächst Hilfe im sozialen Nahraum, also in einer Community oder bei Familienangehörigen suchten:

„Ja. In der Community. Das sind die vertrauten Personen. Da wird erstmal versucht einzuordnen 'Hab ich das jetzt nur komisch empfunden oder war das jetzt komisch?'"

(Interview K, S. 13)

Ein weiterer Gesprächspartner vermutet ebenfalls, dass Unterstützung zunächst in vertrauter Umgebung gesucht wird:

„...Opfer mit Migrationshintergrund haben in ihrer Community oft eigene Strukturen und Regulierungsmechanismen, das Erlebte zu bewältigen."

(Interview C, S. 33)

6.1.9 Netzwerke

Die Beratungseinrichtungen tauschen sich bei Bedarf regelmäßig aus und verweisen aufeinander, wenn dies geboten ist. Auch das formelle, weiter gefasste „Beratungsnetzwerks Hamburg" trage zu dieser Praxis bei.

„...es gibt hier ein sogenanntes Beratungsnetzwerk, was sich vierteljährlich trifft, wo sowohl behördliche Stellen, also von der, von den Sicherheitsbehörden, über die Schulbehörde, die Sozialbehörde, alle die sich irgendwie mit diesem Thema vertraut fühlen und denken, da müsste was passieren, sich treffen. Mit Organisationen, wie Sportjugend, wie also Nichtregierungsorganisationen, die eben auch mit diesem Thema zu tun haben. Und DGB-Jugend, DGB, also ziemlich breit eigentlich angelegt. (...) das jeder/jede weiß, an wen sie sich im Falle eines Falles wenden kann, wenn sie mitkriegt, dass in dem und dem Bereich das und das passiert ist. Man kennt sich, man hat schon mal miteinander geredet und man hat auch dazu gearbeitet."

(Interview F, S. 3)

85

Es zeigt sich, dass neben einem solchen offiziellen Netzwerk, auch aus der täglichen Arbeit gewachsene, z.t. informelle Netzwerke eine wichtige Rolle spielen:

> *„Also ich glaub, dass wir uns, neben diesem offiziellen Beratungsnetzwerk, das es gibt, eben unser kleines Netzwerk aufgebaut haben, das ganz doll lebt von alltäglichen Kontakten, persönlichen Kontakten und einfach wirklich einer gemeinsamen Arbeit und teilweise überschneidet sich das personell, teilweise aber auch gar nicht. Also das wir einfach noch mal geguckt haben, mit welchen Anwälten und Anwältinnen kann man in Hamburg gut zusammen arbeiten an solchen Punkten. Mit welchen Ärzten, mit welchen Therapeuten."*
>
> (Interview F, S. 7)

Auch die Institution der Runden Tische wurde als gut funktionierend beschrieben:

> *„... also wir sind sehr gut vernetzt (..), es wurde bei uns der runde Tisch gegen Gewalt gegründet. Das heißt, wir arbeiten mit Polizei, mit Behörden und mit anderen Einrichtungen, die mit dem Thema zu tun haben, zusammen."*
>
> (Interview D, S. 3)

In der Gesamtschau gaben alle Interviewpartnerinnen und -partner an, sehr gut miteinander vernetzt zu sein, sich regelmäßig auszutauschen und aufeinander in der Beratungstätigkeit zu verweisen. Bei Bedarf werde an andere Fachdienste oder Berufsgruppen vermittelt.

6.1.10 Öffentlichkeitsarbeit

Grundsätzlich unternehmen die Hamburger Beratungseinrichtungen eine Vielzahl von Maßnahmen zur Öffentlichkeitsarbeit, die das Angebot transparent machen sollen. Trotz teilweise begrenzter finanzieller Ausstattung erstellen sie z.B. Flyer, die z.T. in mehreren Sprachen verfasst sind. Solcherlei Aktionen zeigten dann auch regelmäßig ihre Wirkung:

„Zum einen stehen die Phasen ganz stark mit Öffentlichkeitsarbeit in Verbindung, also wenn wir wirklich eine Flyer-Aktion irgendwo machen, die auch bei niedrigschwelligen Angeboten ausliegen, in Behörden oder dort wo Edgar-Cards-Ständer sind. In dem Zusammenhang rufen dann schon auch viele Bürger direkt an."
(Interview J, S. 7)

Darüber hinaus haben die Beratungseinrichtungen einen Internetauftritt und sind bei zielgruppennahen Veranstaltungen als Referenten vertreten, um den direkten Kontakt zur potentiellen Klientel zu haben:

„... dass wir ab und an, gerade bei zielgruppennahen Veranstaltungen auch als Referentinnen auftreten. Also wenn sich eine Migrantenorganisation an uns wendet, die sagen 'unsere Leute wollen mehr das AGG nutzen, wissen aber nicht wie es geht, könnt ihr da kommen?', das ist eine Form von Öffentlichkeitsarbeit, die wir machen. Weil wir so genau die Leute erreichen, die möglicherweise unser Angebot nutzen wollen. Besser als über Flyer."
(Interview K, S. 5)

Schließlich organisieren einige Einrichtungen Veranstaltungen, wie z.B. Ausstellungen oder Fortbildungsveranstaltungen. Auch Auftritte in den Medien sollen eine Transparenz des Angebots gewährleisten. So gaben bei der Onlineumfrage sieben von elf der Einrichtungen an, dass mindestens halbjährlich Pressemitteilungen erstellt und versendet würden, immerhin vier von elf schreiben einen eigenen Newsletter. Acht der Einrichtungen treten innerhalb eines Jahres einmal oder häufiger im Rundfunk oder Fernsehen auf.

Eine weitere Möglichkeit ist das Platzieren von Telefonnummern der Einrichtungen in zielgruppenspezifischen Zeitschriften, wie aus einem Experteninterview hervorgeht.

6.2 Wie bewältigen Betroffene vorurteilsmotivierte Gewalt? Einschätzungen der befragten Beraterinnen und Berater

„Bei Massendelikten, so wissen die Kriminologen, setzen private Strafanzeigen über 90% der Strafverfahren in Gang, und von diesen Strafanzeigen stammen etwa 80 % von Verbrechensopfern. Das gilt international und ist schichtunabhängig. Nur etwa die Hälfte aller krimineller Opfer-Situationen wird aber der Polizei

87

mitgeteilt, der Rest verbleibt fast ganz im Dunkelfeld. Die Gründe
für all das sind komplex und vielfältig."
(Hassemer/Reemtsma 2002, 77, mit weiteren Nachweisen)

Opfer einer Straftat oder Betroffener eines vorurteilsmotivierten Übergriffs geworden zu sein, bedeutet meist ein plötzlich verändertes Le-
bensgefühl. Es gilt nicht nur die Erlebnisse wie physische und psychische
Schädigungen zu verarbeiten, sondern auch andauernde Beeinträchti-
gungen wie die Angst vor erneuten Übergriffen zu bewältigen. Viktimisierungsfurcht hat aber viele Gesichter. Da im Rahmen dieser Studie
keine Befragungen von Betroffenen zustande gekommen sind, bleibt nur,
indirekte Schlüsse über Verarbeitungsformen von Betroffenen über die
Aussagen von Beratern und Beraterinnen zu ziehen. Wie erleben die
Mitarbeiterinnen und Mitarbeiter von Beratungsstellen die Betroffenen?
Welche Themen spielen in der Beratung eine Rolle, wenn es um die Bewältigung des Erlebten geht? Welche Bedürfnisse äußern Betroffene in
der Beratung? Welche Unterstützung benötigen sie?

Die Anzeigebereitschaft von Opfern ist generell gering – das bestätigen
die unterschiedlichsten kriminologischen Untersuchungen (Schädler
2003) und auch die von uns geführten Gespräche. Ein Grund dafür: Die
Erwartungen an die strafprozessuale Verarbeitung der Konflikte sind im
Allgemeinen gering. Dies dürfte verstärkt gelten für Betroffene vorurteilsmotivierter Gewalt, die aufgrund eines als niedrig erachteten gesellschaftlichen Status auch über eine geringe Beschwerdemacht verfügen.
Nicht selten spielen Scham oder Schuldgefühle im Sinne einer gefühlten
Mitverantwortung[32] eine Rolle, die den Schritt zur Anzeige erschweren.
Viele Betroffene nehmen sich darüber hinaus nicht als „Opfer" wahr, weil
ihnen das Widerfahrene alltäglich vorkommt.

In einem Gespräch mit einer Mitarbeiterin eines Instituts wurde beispielsweise darauf hingewiesen, dass für sie alltagsrassistische verbale
Übergriffe „normal" seien, wenn man einen ausländisch klingenden Na-
men trage, da würde man sich nicht über jede alltägliche Attacke erzür-
nen.

---

32 Um Missverständnisse zu vermeiden: Hier geht es nicht um eine unterstellte Mitschuld,
   sondern um psychische Verarbeitungsformen, die nicht zuletzt aufgrund der Reaktionen
   des nahen sozialen Umfelds ausgelöst werden: „Hättest Du nicht...?".

„Also es gibt solche Dinge wenig in der Öffentlichkeit, aber es gibt eine permanente Erfahrung: junge Migranten erfahren oftmals Rassismus, schon alleine wenn sie einfach mal Spaß haben wollen auf Sankt Pauli oder in anderen Stadtteilen. Das sind Dauerthemen von Ausgrenzungserfahrungen, die viele haben. Wenn man es in kleineren Kreisen anspricht, hat jeder was dazu beizutragen. Also eine Bepöbelung in der U-Bahn, auf einer U-Bahntreppe, geschubst werden in der U-Bahn, wirklich herablassend angemacht zu werden, das erzählen fast alle Migranten, mit den wir es zu tun haben, gerade wenn sie z.b. einen afrikanischen Hintergrund haben, ist das ziemlich häufig Gesprächsthema. Das geht bis hin zu den Mitarbeiterinnen, die ich kenne, die afrikanischen Hintergrund haben. Wenn man die drauf anspricht, die wirklich 'nen hohen Bildungsstand haben, die dann auch immer ganz wütend und empört sind, aber eben auch dieses „ich bin jetzt Opfer geworden durch so eine Handlung" als Erfahrung selbst nicht zulassen wollen. D.h. aber auch sie würden sich nicht jetzt die Mühe machen, zur Polizei zu gehen, um das anzuzeigen. Dadurch haben wir einen Graubereich in dieser Hinsicht und viele haben so das Gefühl, das sei so etwas wie ein Kavaliersdelikt."

(Interview G, S. 2)

Auch wird der Status eines Opfers (synonym aufgefasst als Ohnmacht und Hilfebedürftigkeit) für sich oft abgelehnt. Dies gilt insbesondere, wenn die Betroffenen männlich sind und Konnotationen des Opferbegriffs mit klassischen Männlichkeitsbildern konfligieren.

Die Erfahrung vieler Migrantinnen und Migranten, sich im Umgang mit Behörden nicht souverän fühlen zu können (Stichwort: Diskriminierung durch Behörden), stellt eine besondere Hemmschwelle dar, um Anzeige zu erstatten:

„Wenn wir zu dem Thema des Rassismus oder der rechtsradikalen Angriffe kommen, dann sind das sehr schwierige Themen, weil viele Migranten sehr viel Wert darauf legen, eben nicht als Opfer permanent gesehen zu werden und sich definieren zu müssen. (...) Sie werden permanent behandelt, beraten, begleitet, aber sie haben zu wenig Möglichkeiten der Partizipation. Wenn die jetzt kommen und sagen, ich bin wirklich Opfer geworden und zwar nicht in meinem Heimatland allein, sondern hier, ist das etwas, wie soll ich sagen, was oft eine ganz große Hemmschwelle bedeutet. Viele

*Migranten haben auch diesen Schutz, die Vorstellung, dass sie ih-
re Wunden, ob seelische oder körperliche, ungern zeigen. Sie haben, das weiß man einfach auch aus der Begleitung von Traumati-
sierten, es sehr schwer, bevor sie wirklich sagen: Und hier bin ich
übrigens gefoltert worden. Oder aber ihre Lage ist so aussichtslos,
dass man das dann in solchen Momenten gezeigt bekommt. Das
gilt auch für diese Opfer. Sie wollen nicht zum Opfer gemacht
werden und sie gehen ganz selten und bringen das zur Anzeige.“*

(Interview G, S.2)

Wer mit unsicherem Aufenthaltsstatus Opfer eines ausländerfeindlichen
Übergriffs wird, überlegt sich zweimal, ob er oder sie Anzeige erstattet
oder sich zur Wehr setzt:

*„Das ist das ungeschriebene Gesetz. Wehrst du dich und kommt
jemand zu Schaden oder (...) wird der dich anzeigen und du wirst
erst recht zum Opfer. (...) und damit verlierst du deinen Aufenthalt. Also, ich riskiere ja als jemand, der vielleicht eine Aufent-
haltsgenehmigung hat oder eine Niederlassungserlaubnis oder was
auch immer, riskiere ich doppelt und dreifach in so etwas verwi-
ckelt zu werden. Also werde ich eher einstecken und den Mund
halten, als irgendwas dazu zu sagen, weil, wenn ich umgekehrt
angezeigt werde wegen Körperverletzung, bedeutet das automa-
tisch, dass mein Aufenthaltsstatus mit geprüft wird und das ich
wieder in der Abschiebeschleife hänge. Also.*

Interviewerin: *Da verhält man sich lieber ruhig?*

Befragter: *Da verhält man sich lieber ruhig.“*

(Interview G, S. 15)

Opfererfahrungen, Prozesse der Viktimisierung und Ressourcen der Bewältigung variieren je nach persönlichem Hintergrund, psychischer Dis-
position, sozialer Situation und Vorerfahrungen mit übergriffigen Situationen. Prozesse der sekundären und tertiären Viktimisierung – also der
Reaktionen im sozialen Nahraum oder während der polizeilichen Ver-
nehmung, im Umgang mit Behörden und Ärzten etc. und schließlich
später auftretende posttraumatische Belastungsstörungen – beeinflussen
das weitere Umgehen mit dem Erlebten.

In der folgenden Interviewpassage ist Ohnmacht das zentrale Thema:

„Befragte: ...In Deutschland sind aber viele – auch gerade mit schweren Körperverletzungen durch Rechtsradikale – viele Prozesse gewesen, die ganz, ganz, ganz bitter in der Öffentlichkeit wahrgenommen werden, mal abgesehen von dem Todesfall da in Dresden, wo die Zeugin dann umgebracht worden ist. Weltweit werden solche Sachen natürlich ganz anders rezipiert als in Deutschland selbst. Hier zum Opfer zu werden, heißt, du begibst dich oft in Lebensgefahr. Hier mit Neonazis oder mit Rechtsradikalen oder mit Rassisten zu tun zu kriegen, heißt dann als Erfahrung, du kannst irgendwie erschossen werden als Zeuge vor Gericht. Sieht man doch da. Also, dieses ist etwas –

Interviewerin: Die Botschaft, die da rüber kommt.

Befragte: Das ist eine Botschaft, die da rüber kommt. Z.B. der Mann, den ich eben persönlich betreue, der einen Arm und ein Auge verloren hat, ja der lebt von Asylbewerberleistungsgesetz. Da hat niemand einen Opferstatus festgestellt Es ist niemand auf die Idee gekommen und hat gesagt, „du brauchst jetzt aber mal eine Armprothese", weil die ist teuer, die gibt es mit Asylbewerberleistungsgesetz nicht. Gelernt hat der, wenn du Opfer wirst in Deutschland, kriegst du gar nichts. Du hast auch keinen Anspruch. Du musst dich noch gegen deine Abschiebung möglichst wehren. Das ist eine Realität. "

(Interview G, S. 14)

Viktimisierungsfurcht meint die Angst nach einem erlebten Übergriff, kein grundlegendes Sicherheitsgefühl mehr zu haben. Der in der Regel unerwartete Übergriff wird als jederzeit wiederholbar antizipiert. Wie wird mit diesem grundlegenden Gefühl der Verunsicherung in Beratungssituationen umgegangen?

„Also, wir reden über die Angst, ich rede über die Angst und über die Funktion der Angst. (...) Also ein Beratungsstrang ist, dass Ernstnehmen der Gefühle. Mit Spiegeln, mit nüchternen statistischen Daten. (...) Dann reden wir, rede ich über Traumatisierungsprozesse. Dass man, wenn man, ..., vor drei Monaten erst Opfer einer mehr oder weniger schwerwiegenden Straftat geworden ist, dann befindet man sich im Zweifel in dem Verarbeitungsprozess. So, und wie zur Grippe das Fieber gehört, gehören zu einem Schockerlebnis Albträume; ich fühle mich unsicher, ich traue

keinem mehr, ich kann nicht gut schlafen, ich kann nicht gut es-
sen oder ich esse viel, ich rauche (...) Wir müssen im Extremfall
sagen, bitte lassen Sie sich vom Hausarzt bestätigen - bei alten
Menschen auch -, dass Sie gesundheitlich überhaupt nicht in der
Lage sind. Oder wir bestellen ein Taxi oder lassen Sie sich von Ih-
rem Therapeuten bestätigen, dass Sie nicht im Gerichtssaal mit
dem Angeklagten zusammentreffen können, dass keine Öffent-
lichkeit zugelassen ist."

(Interview A, S. 8)

Vorbereitungen auf Vernehmungssituationen und Strafverfahren, bei
denen man als Zeugin oder Zeuge gehört wird, gehören auch zu Themen
der Beratung. Die Zeit, die zwischen dem erfahrenen Übergriff und einer
Gerichtsverhandlung liegt, kann zwar schon eine Zeit der Bewältigung
sein – die Erinnerung an das Erlebte kann aber auch psychisch sehr be-
lastend sein:

„So, die Menschen, die ...in dem Zeitraum nach der Tat bis zum
Zugang der Ladung [zur Gerichtsverhandlung, d.Verf.] auch eine
Beruhigung erfahren haben, dann habe ich auch wieder einen An-
satzpunkt für das Gespräch. Dass ich sage: Ja, und es spricht eben
viel dafür dass, wenn dann die Verhandlung vorbei ist, sich wieder
dieser Zustand der Beruhigung einstellt. Weil der Verhandlungs-
tag ist der Tag, als ob es noch mal passiert, mit all den Gefühlen.
Und dann kann man aber sagen, aber mit dem einzigen Unter-
schied, ..., also sie sind nicht alleine. Also, emotional läuft da eine
ganze Menge ab, und es kann auch hart zur Sache gehen und dann
braucht man Taschentücher und sie können eine Pause machen...
Und manche müssen sich im Klo übergeben. Und ein geringer Pro-
zentsatz, da kommt der Notarzt, aber, es geht hart zur Sache,
aber sie sind trotzdem nicht alleine. Und Sie können auch einen
Schritt in der Verarbeitung schaffen in dieser, also, anstrengenden
Arbeit."

(Interview A, S. 11)

Aber auch die Verarbeitung von Situationen, die als von Ohnmacht geprägt erlebt wurden, – vielleicht auch, weil Unbeteiligte nicht einge-
schritten sind – sind Thema der Beratung:

„...wie hier bei dem Herren, der bedroht worden ist: ‚Ich stech' dich
ab!', obwohl da Zeugen waren, hat er sich doch nicht einschränken

lassen. Obwohl da Polizei war, hat der doch weiter gemacht. Das sind doch immer ziemliche Schockerlebnisse für Menschen, die das überhaupt nicht kennen, wie respektlos eben, bestimmte Menschen umgehen."

(Interview A, S. 8f)

Langanhaltende Folgen eines erlebten Übergriffs können durch Vermeidungsverhalten geprägt sein:

„Dieser junge Mann, der im Frühjahr in einem Bus in Bahrenfeld angegriffen wurde, offenbart genau die gleichen Züge, die wir bei vielen Opfern kennen, nämlich ein starkes Vermeidungsverhalten. Er mag nicht mehr Bus fahren, er mag sich nicht mehr in dem Stadtteil aufhalten, wo ihm das widerfahren ist. Das ist so ähnlich wie bei einer Einbruchstat, nach der die Betroffenen Angstreaktionen zeigen und nicht mehr in ihre Wohnung zurück wollen. Sie können die Tatsache, dass sich in ihrem Schutzraum, in ihrem Lebensmittelpunkt, ein Täter aufgehalten hat, psychisch nicht verkraften. Es braucht viel Zeit, ehe sie die Kraft finden, sich relativ angstfrei in ihren Räumen aufzuhalten. Wir kennen aber auch Fälle, in denen Betroffene ihre Wohnung aufgegeben haben und weggezogen sind.

Und ich bin ziemlich sicher, dass sich dieses Vermeidungsverhalten auch auf Menschen übertragen lässt, die Opfer von Gewalttaten im öffentlichen Raum – auch rassistisch motivierten – geworden sind."

(Interview C, S. 39)

Die Vermeidung von öffentlichen Orten, Unsicherheit im Umgang mit Behörden, psychische Verletzungen, Belastungsstörungen und Traumatisierungen können die Folge vorurteilsmotivierter Gewalterfahrung sein. Aber selbst wenn es gelingt Bewältigungsstrategien zu entwickelt, hinterlässt Opferwerdung nachhaltige Spuren:

„Es gibt diesen Spruch ‚Das Opfer hat lebenslang'. Ich hielt ihn zunächst für überzogen. (...), musste aber lernen, dass er stimmt. Er bezieht sich nämlich auf Gewaltopfer, die die erlittene Tat nicht aus ihrem Gedächtnis löschen können. Sie müssen ihr Leben lang mit ihr leben. Dafür sorgen auch Flashbacks, die das Opfer immer wieder in das Tatgeschehen zurückkatapultieren."

(Interview C, S. 11)

6.3 Vorurteilsmotivierte Übergriffe in Hamburg aus Sicht der befragten Expertinnen und Experten

Im Ergebnis der Experteninterviews zeigte sich nahezu die durchgängige Ansicht, dass in Hamburg vorurteilsmotivierte Übergriffe durchaus eine Rolle spielen, wenngleich offiziell der Eindruck bestehe, Hamburg habe eine solche Problematik nicht, vor allem im direkten Vergleich zu ostdeutschen Bundesländern. Exemplarisch und treffend beschreibt dies eine Befragte:

> „...weil Hamburg als Großstadt auch gerne vor sich her trägt: Haben wir nicht, ist ein ostdeutsches Problem, gibt es bei uns nicht. Wo wir einfach sagen, stimmt nicht. Also hier gibt es Stadtteile, da ist es durchaus präsent. (...) Also ich glaube nicht, dass es ein Anstieg von rechtsextremen Gewalttaten in oder überhaupt Rechtsextremismus in Hamburg im Laufe der letzte zwei Jahre gibt, aber seit es dieses Projekt gibt, kann man eben gucken, dass es sozusagen zunehmend mehr Fälle gibt."

(Interview F, S. 40)

In der Gesamtschau gaben die Befragten an, dass ihrer Einschätzung nach das Ausmaß der vorurteilsmotivierten Übergriffe in Hamburg hoch sei, jedoch niemand einen Überblick über die tatsächlichen Vorkommnisse habe. Die Gründe werden z.T. in der Hemmschwelle der Opfer, Taten anzuzeigen gesehen, zum anderen in der uneinheitlichen Erfassung der Taten. Dazu sagt einer der Befragten:

> „Und ich war damals auch der Auffassung, dass wir eben nicht mit Berlin vergleichbar sind, dass wir eben nicht halb so viele Straftaten haben, sondern deutlich weniger als halb so viele. Nur inzwischen meine ich, gerade wegen der Problematik mit der Statistik, dass wir gar keinen Überblick haben über die Dunkelziffer, dass es dann sinnvoll wäre, vielleicht auf Zeit zumindest, jemanden damit Hauptamtlich zu beschäftigen. (...) Das man wirklich vielleicht mal ein bisschen näher an die Dunkelziffer herankommt."

(Interview I, S. 25)

Ein weiterer Grund wird darin gesehen, dass in Hamburg ein Alltagsrassismus wahrzunehmen sei, der dazu führe, dass sich die Opfer mit Diskriminierungen abfänden. In der Folge verschwimme dadurch die Grenze zwischen Erfahrungen von Diskriminierung und Übergriffen teilweise.

„Dann gibt es aber auch diejenigen, die genau das sagen, dass sie ständig von Diskriminierung betroffen waren, seit der Kindheit oder seit sie das Kopftuch angelegt haben oder seit sie hier her gezogen sind und davor irgendwann mal. Und dann kommen viele Geschichten, die sich aufgebaut haben. Also das ist dann oft wirklich eine Lebensgeschichte von Diskriminierung, die sich hier entblättert. Gerade bei diesen Menschen."

(Interview K, S. 8)

Alltagsrassismus zeige sich auch in einem rechtsradikal gefärbten Sprachgebrauch, der teilweise kaum wahrgenommen werden:

„Gut, wenn es noch mal um die Frage rechter Gewalt geht, dann ist es für mich durchaus so, dass ich selber erschreckt feststelle, wie weit zumindest sprachlich, begrifflich, das was man früher als rechts und auch als rechtsradikal empfunden hat, wie weit das (...) in den selbstverständlichen Sprachgebrauch und in die Umgangsformen unsere Gesellschaft vorgedrungen ist."

(Interview B, S. 14)

Jugendliche seien besonders anfällig für diese Tendenzen, das zeige sich in der alltäglichen Arbeit mit ihnen:

„Ich denke schon, dass wir im Moment, also bei uns zumindest feststellen können, dass die Jugendlichen die wir hier haben nicht unbedingt dadurch geprägt sind, dass sie von großer Weltoffenheit und Toleranz durchdrungen durch die Gegend laufen und sagen Multi-Ethnien sind das Optimum des Zusammenlebens. Sondern, dass wir schon eine ganze Reihe junger Menschen haben, die eher ihre ansonsten fehlende Sicherheit in, sich unter Pseudofahnen scharrend suchen..."

(Interview B, S. 9)

Ebenfalls sehr deutlich ist folgende Aussage, die exemplarisch für die Wahrnehmung des Alltagsrassismus gesehen werden kann:

„Aber wenn man mit solchen Familien oder mit solchen Einzelpersonen dann mal redet, was die an Erfahrungen von ablehnenden Verhalten in der Bevölkerung mitbekommen haben bis hin zu rassistischen Übergriffen, dann ist das relativ viel. Das muss man schon sagen. Das ist schon ziemlich erschreckend."

(Interview G, S. 16)

Auch in einem anderen Gespräch stellte sich heraus, dass diese Tendenzen im Alltag gegenwärtig sind:

> *„Das ist die Grundstimmung, mit der die Leute konfrontiert sind. Dass sich in der Bahn andere Leute nicht neben sie setzen, dass sie in der Bahn nachts Angst haben, weil sie wissen, da macht sich jemand breit und versperrt ihnen jemand den Weg. Solche Erfahrungen haben viele. Aber das erlebe ich bisher eher als das, was so eine Grundstimmung ausmacht und nicht als Grund genommen wird zu [uns zu kommen]."*

> (Interview K, S. 9)

Das Fallaufkommen in Bezug auf vorurteilsmotivierte Übergriffe in den Einrichtungen sei jedoch niedrig, auch das berichten die Befragten. Die Gründe wurden, wie bereits beschrieben, in der Hemmschwelle der Klienten, Hilfe zu suchen, gesehen.

> *„Also ich hatte das ja am Telefon schon gesagt, wir haben auch nicht richtig Fallzahlen. Was aber nicht heißt, dass es die nicht gibt. Oder das wir nicht auch Fälle benennen könnten, wo wir wüssten, dass andere beraten."*

> (Interview F, S. 29)

In einem anderen Interview heißt es dazu:

> *„...dass wir zweifelsfrei viel weniger Opfer betreuen als tatsächlich hilfebedürftig sind. (...) Eine (...) Ursache liegt in der Haltung junger männlicher Gewaltopfer. Sie wollen nicht als Opfer wahrgenommen, gar gebranntmarkt werden. Es ist nämlich uncool Opfer zu sein, suggeriert doch allein der Begriff Niederlage, Schwäche, Verlust."*

> (Interview C, S. 7)

Exemplarisch ist folgende Beschreibung für die Dunkelzifferproblematik im Hinblick auf vorurteilsmotivierte Übergriffe gegen Homosexuelle:

> *„Nichts desto trotz glaube ich, das es eine riesige Dunkelziffer gibt und Vieles nicht angezeigt wird. Und solange es sozusagen keine finanz- oder kein Projekt gibt, kein Projekt finanziert wird, was sich eben des Themas annimmt, solange werden wir Zahlen von 4 bis 5 % haben."*

> (Interview I, S. 12)

6.3.1 Umfang der Beratung der Zielgruppe am Gesamtaufwand

Wie weiter oben bereits erwähnt, lässt sich den Experteninterviews entnehmen, dass der Anteil der Beratung von Klienten, die einem vorurteilsmotivierten Übergriff zum Opfer gefallen sind, relativ gering ist.

> *„Und ich muss gestehen, die Erkenntnisse sind reichlich dürftig. (...) Wir haben nur sechs Fälle seit 2005 rausgefunden. In Relation zu den übrigen Fällen – 1.300 im Jahresschnitt – ist das verschwindend gering. Man kann spekulieren, woran das liegt. Es gibt wahrscheinlich mehrere Gründe. Zum einen mag die absolute Zahl vorurteilsmotivierter Übergriffe gering sein, zudem ist das Motiv nicht immer erkennbar, vor allem nicht bei unbekannten Tätern. Zum anderen mag hinzukommen, dass die Opfer sich nicht offenbaren, weil sie nicht als solche wahrgenommen werden wollen. Wie gesagt, gerade unter jüngeren männlichen Betroffenen ist es uncool, Opfer zu sein.“*
>
> (Interview C, S. 29)

6.3.2 Spektrum und Häufigkeit von Übergriffen

Die Befragten berichten, dass die Übergriffe größtenteils in Form verbaler Attacken stattfänden. Körperverletzungsdelikte bildeten eher die Ausnahme.

Es wird deutlich, dass der bereits beschriebene Befund der wahrgenommenen Allgegenwärtigkeit von rassistischen und vorurteilsmotivierten Tendenzen sich auch in der Art der Übergriffe zeigt. Die Befragten berichten z.B. von Homophobie, in Form von Beleidigungen, oder von permanentem Rassismus, den junge Migrantinnen und Migranten im öffentlichen Raum, durch „Bepöbelung" erfahren. Ein Interviewpartner berichtet in diesem Zusammenhang auch von Behördenrassismus:

> *„Wir müssen uns auch mit dem Behördenrassismus auseinandersetzen, den es ganz klar gibt. Es gibt immer noch Beamte, die über die `Reisfresser´ schimpfen und andere Begriffe verwenden in ihrer Arbeit. Ja, solche Sachen bekommen wir mit... Manchmal ist der Ton einfach daneben, durch den Stress vergreifen sich viele Leute einfach im Ton. Es braucht viel mehr Schulung.“*
>
> (Interview G, S. 5)

Obwohl Beleidigungen und verbale Attacken das Gros der Übergriffe darzustellen scheinen, wird in verschiedenen Interviews auch von drastischen Fällen schwerer Körperverletzung mit Folgen berichtet.

> *„Also dann würde ich sagen, dass das meiste oder die meisten Fälle, wenn man das so sagen kann bei 6 Fällen, sind verbale Angriffe, Bedrohungen, Beleidigungen, Verleumdungen und Fälle massiver körperlicher Gewalt gab es einen. Und das war krankenhausreif geschlagen, fast tot geschlagen. Aber das andere ist Bedrohung vor allem, und Bedrohung schon in einem Ausmaß von echter Angst dann auch, aber keine tätlichen..."*

(Interview F, S. 30)

6.3.3 Besonderheiten rassistisch motivierter Übergriffe

In den Gesprächen wurde eine Besonderheiten genannt, die sich im Kontakt zu Klientinnen und Klienten, die Opfer eines rassistisch motivierten Übergriffs geworden sind, auswirken. So wurde berichtet, dass es wesentlich sei, den Klientinnen und Klienten das Gefühl zu vermitteln, in ihrer Hilflosigkeit verstanden und ernst genommen zu werden. Zwar gilt dies für alle Fälle von Beratung (vgl. hierzu Kapitel 3 „Beratung"), jedoch sei die Beratung von Menschen mit Migrationshintergrund dadurch besonders, dass sie nicht der Mehrheitsgesellschaft angehörten und somit ein Gefühl entwickeln könnten, nicht angenommen zu sein.

> *„Dann natürlich auch immer die Frage, was hat es mit uns, mit der Mehrheitsgesellschaft zu tun. Kann ich, also was muss ich leisten, um jemanden beispielsweise mit Migrationshintergrund als Mehrheitsangehörige beraten zu können und das Gefühl zu vermitteln, ich nehme ihn ernst. Und in der Beratung, spielt es insofern eine Rolle, als das Menschen sich mehr oder weniger gesehen fühlen in ihrer marginalisierten Rolle. Also haben sie eine starke Lobby, eine starke Interessenvertretung, dann glaub ich, ist das was anderes, als wenn da Leute sitzen, die das Gefühl haben, ich mit meiner, ich mit meinem Diskriminierungsmerkmal, mich vertritt eigentlich keine Sau."*

(Interview F, S. 36)

Eine Befragte hat die Erfahrung gemacht, dass die Opfer von rechter Gewalt sich stärker rechtfertigen müssten als andere. Da gäbe es häufig eine Abwehrhaltung und eine Bagatellisierung von Seiten der Polizei und der Richterschaft. Dass der Rechtsextremismus doch gar nicht so schlimm sei, sei ihrer Einschätzung nach eine gängige Meinung in der Öffentlichkeit.

6.3.4 Besonderheiten homophob motivierter Übergriffe

Die zu diesem Thema befragten Expertinnen und Experten vermuten, dass die Täter von vorurteilsmotivierten Übergriffen bei homosexuellen Betroffenen davon ausgingen, das Opfer werde die Tat aus Scham, eben wegen seiner sexuellen Orientierung, nicht zur Anzeige bringen. Diese Annahme bestätigt sich auch in der Umfrage „Gewalt gegen Schwule".[33]

Wenngleich die Viktimisierungsempfindungen von Homosexuellen sich nicht von denen anderer Opfer vorurteilsmotivierter Übergriffe unterscheiden, liege ein gravierender Unterschied darin, dass Homosexuelle aufgrund alltäglicher Diskriminierungserfahrungen teilweise eine Diskriminierbarkeit für sich angenommen hätten.

> *„Ich bin mir nicht sicher, ob es Besonderheiten gibt. Außer das es eben schwule Männer sind. Aber empfinden tun die sicher gleich wie andere Opfer. Nämlich der Verlust der körperlichen Integrität, der Verlust von Unverwundbarkeit. Ich glaube nicht, dass es da große Unterschiede gibt. Der Unterschied könnte höchstens sein, dass Schwule sozusagen im Vorwege so etwas wie eine Diskriminierbarkeit für sich annehmen. Also viele Schwule verhalten sich so, wie sie sich verhalten, schon mal im voraus denken (...), dass sie diskriminierbar sind. Weil sie so aufgewachsen sind. Also vieles was Schwule hören, beleidigen und so weiter und sofort, kommt nicht zur Anzeige oder was auch immer, weil so ganz, weil im Inneren so eine Stimme vorherrscht: 'ich bin halt schwul, dann muss ich auch damit rechnen, dass ich auch dumm angemacht werde'."*

(Interview I, S. 9)

6.3.5 Beschreibung der Täter und Tatsituationen

Aus den Interviews geht hervor, dass die Täterinnen und Täter sich meist in Gruppen bewegen, mindestens zu zweit sind. Täterin bzw. Täter und Opfer seien sich meist nicht bekannt gewesen, wenngleich sich die Täterinnen bzw. Täter bewusst ein Opfer gesucht hätten.

---

33 Vgl. Kap. 7

„Das einzige was ich sagen, bei dem einen wirklich offensicht-
lichen Fall (...), da geht es wirklich darum, dass eine Gruppe von
Menschen sich bewusst dafür entscheidet, einen fertig zu machen.
Weil sie als Gruppe Rechtsextremer sozusagen Opfer brauchen.
(...) Nee, die kannten das Opfer nicht, sondern das war Spaß. (...)
Wir haben aber einen anderen Fall, da sind zwei, die haben sich
ganz gezielt eine schwarze Nachbarin ausgesucht und malträtie-
ren die...“

(Interview F, S. 32)

In einem anderen Interview heißt es zu diesem Thema im Hinblick auf homophobe Übergriffe:

„Befragter: ...Es wird ja eher postuliert, dass es Jugendliche sind
und das es mehrere sein müssen, ich sag mal aus so einer Grup-
pendynamik heraus jemanden zu ticken. (...) Ich will nicht sagen
am meisten passiert, aber das die Situation dazu einlädt, sozusa-
gen auch homophobe Äußerungen zu tun, aus dem Übermut her-
aus oder weiß der Teufel. Wenn das eins zu eins ist, könnte ich mir
vorstellen gehen die eher, machen hier den, Blicken weg und gehen
vorbei. Also da passiert nicht viel. Aber in Stadtparkbezügen oder
so, da kann das auch so eine Eins-zu-Eins-Gewalt sein, absolut.
Also das was Sie hier, wenn Sie hier mit den Männern sprechen,
die berichten auch tatsächlich eher von jugendlichen Gruppen o-
der eher (...) wir erheben das nicht. Aber ich würde eher schätzen,
dass es mehrere sind.

Interviewerin: *Und bei so körperlicher Gewalt?*
Befragter: *Da vermute ich, also ich vermute, dass das eher so eine*
Gruppengeschichte ist.“

(Interview I, S. 14)

Kapitel 7: Ergebnisse der Umfrage „Gewalt gegen Schwule"

Die hier dargestellten Aussagen beruhen auf der von der AIDS-Hilfe Hamburg, Hein & Fiete, dem Magnus Hirschfeld Centrum und Schwub bereitgestellten Fragebogenstudie „Gewalt gegen Schwule". Ziel dieser Umfrage ist es, „schwulenfeindliche Diskriminierung und Gewalt" in Hamburg zu erfassen, zu dokumentieren und öffentlich zu machen. Der Fragebogen zur Studie ist im Internet abrufbar und kann entweder anonym digital oder per Post versendet werden. Auch eine persönliche Abgabe in einer der Einrichtungen ist möglich. Gemeinsam mit der Aufforderung zur Teilnahme an der Umfrage weisen die Einrichtungen auf ihr Beratungsangebot hin. Da sich der Fragebogen explizit an Personen richtet, die einen Übergriff erlebt haben, können keine Aussagen über die Erfahrungen von homosexuellen Männern im Allgemeinen gemacht werden.

An der Befragung nahmen im Zeitraum von Oktober 2009 bis Oktober 2010 27 Personen teil. Aufgrund von technischen Mängeln konnten acht Fragebögen nicht ausgewertet werden. Zwei weitere wurden von homosexuellen Frauen beantwortet und eignen sich daher auch nicht für eine Analyse, die auf männliche Betroffene ausgerichtet ist. Grundlage der Auswertung sind somit 17 Fragebögen[34].

Allgemein schätzen sich die meisten der hier Befragten als „offen schwul" ein (11 von 15), was sich auch in der Ablehnung der Aussage „Ich vermeide Verhaltensweisen, durch die ich als Schwuler erkannt werde" (10 von 16) zeigt. Dennoch unterscheidet mehr als die Hälfte (9 von 16) nach Orten, an denen sie sich offen als Homosexueller zeigen können und ist eher vorsichtig bei neuen Bekanntschaften. Die meisten fühlen sich an ihrem Wohnort sicher und etwa die Hälfte meint, dass man ihnen die Homosexualität ansieht.

In elf Fällen ließ sich das Alter der Teilnehmer zum Zeitpunkt der Tat rekonstruieren[35]. Durchschnittlich waren die Männer etwa 30 Jahre alt,

---

34 Da einige Teilnehmer bei einigen Fragen keine Aussage gemacht haben, kann die Anzahl der Befragten (n) an manchen Stellen variieren.

35 Im Fragebogen wurde sowohl nach dem Datum des Vorfalls als auch nach dem Geburtsdatum gefragt.

wobei der Jüngste 18 und der Älteste 51 Jahre alt war. Der Vergleich mit dem von den Betroffenen geschätzten Alter der Täter zeigt, dass die Täter in zehn von elf Fällen jünger als die Betroffenen oder etwa gleich alt waren. Dieses Ergebnis wird in der Studie der Universität Trier zu Täter-Opfer-Konstellationen bestätigt.[36] Insgesamt zeigt sich, dass unter den Tätern fast immer Personen im Alter von unter 25 Jahren waren. Sechs Teilnehmer gaben an, dass mindestens ein an der Tat Beteiligter zwischen 14 und 17 Jahren alt war. In 9 Fällen war mindestens einer der Täter zwischen 18 und 24 Jahren alt.

Von den 17 Befragten waren nur fünf allein mit dem oder den Tätern. Bei sechs Betroffenen waren fremde Personen anwesend, etwa gleich viele berichten, dass sie mit Freunden, Bekannten, Verwandten oder dem Partner unterwegs waren. Es lässt sich allerdings kein Zusammenhang zwischen der Anwesenheit von bekannten Personen und einem körperlichen Angriff feststellen, weder im positiven noch im negativen Sinne. Von den Personen, die körperlich angegriffen wurden, waren drei in Begleitung ihres Partners oder von Freunden und zwei hielten sich unter Fremden auf oder waren allein. Auffallend ist, dass die wenigsten Betroffenen alleine mit dem Täter oder den Tätern waren. Offenbar waren in mehr als 70 Prozent der Fälle mindestens fremde Personen als Unbeteiligte anwesend.

Bis auf eine Ausnahme kannte keiner der Betroffenen den oder die Täter persönlich. Drei geben an, flüchtig miteinander bekannt gewesen zu sein. In mehr als drei Viertel der Fälle kannten die Betroffenen den oder die Täter nicht. In 12 von 16 Fällen[37] waren auf Täterseite mindestens zwei Personen beteiligt.

Die geschilderten Übergriffe fanden fast immer im öffentlichen Raum statt, bei einem Drittel der Fälle sogar in unmittelbarer Nachbarschaft oder direkt vor der eigenen Haustür. Drei Betroffene geben an, dass sich der Vorfall in einem öffentlichen Verkehrsmittel bzw. an einer Haltestelle ereignete, zwei nennen den Arbeitsplatz als Ort des Übergriffs. Mit nur zwei Ausnahmen kannten sich die Betroffenen in der Gegend, in der der Vorfall stattfand, „eher gut" bis „sehr gut" aus.

---

36 Eine detaillierte Darstellung der Studie findet sich in Kapitel 2.5.

37 Eine Person hat bei dieser Frage keine Angaben gemacht.

Auf die Frage, welcher Gewaltform der Übergriff zugeordnet werden solle (Mehrfachnennungen möglich), wurde am Häufigsten der Punkt „Belästigung/Beleidigung" angegeben (13 Nennungen).

Am zweithäufigsten, mit jeweils 5 bzw. 6 Nennungen, wurden „Bedrohung", „Bewerfen/Bespucken" und „Körperlicher Angriff" genannt. Andere Formen, wie „Bedrängung/Nötigung", „Sachbeschädigung/Diebstahl" und „Raub (auch Versuch)" wurden nur jeweils ein Mal angekreuzt.

Drei Befragte berichten, dass der Übergriff zu einer Verletzung geführt habe. Zwei von ihnen suchten deshalb einen Arzt auf. Diese beiden verständigten aufgrund des Vorfalls die Polizei bzw. erstatteten Anzeige. Zwei weitere Personen, denen jeweils mehrfach zugesetzt wurde (Beleidigungen, Drohungen und körperlicher Angriff sowie Beleidigungen, Bewerfen bzw. Bespucken, Drohungen und Raub), taten dasselbe. Immerhin 13 Befragte gaben an, die Polizei nicht verständigt bzw. keine Anzeige erstattet zu haben. Als häufigste Gründe wurden die Angst vor einer möglichen Rache des Täters/der Täter, die Annahme, die Polizei würde ihr Anliegen nicht ernst nehmen sowie Scham aufgrund der eigenen Hilflosigkeit genannt (siehe Abb. 2). Es konnte allerdings keine Korrelation zwischen der Aussage „Ich zeige mich offen als Schwuler" und der Verständigung der Polizei festgestellt werden. Obwohl so wenige Betroffene zur Anzeige neigen, wendet sich etwa die Hälfte der Befragten an eine Einrichtung ihrer Wahl.

Abb. 2

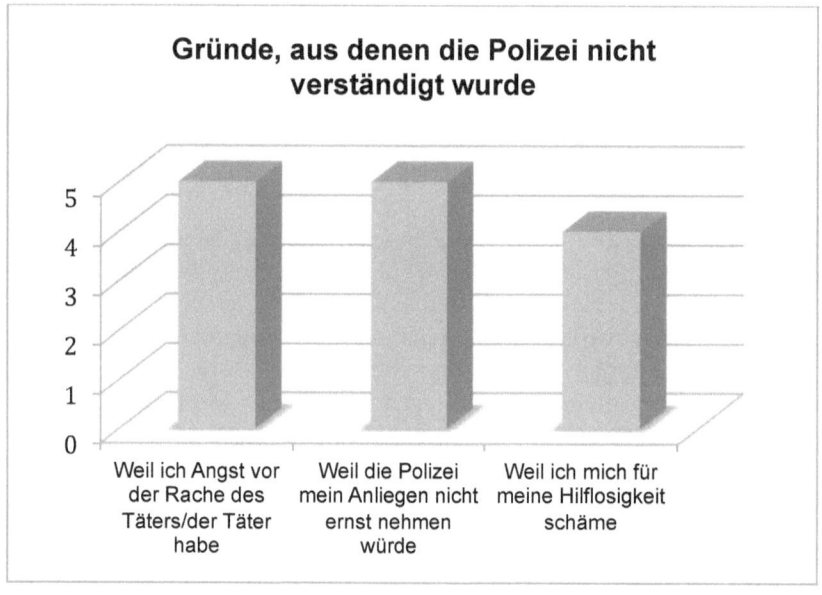

Quelle: eigene Darstellung

Etwa die Hälfte der Befragten geht davon aus, dass sie ihr Verhalten aufgrund des Vorfalls geändert hat. Die Angaben der Betroffenen weisen darauf hin, dass nach der Tat tendenziell offensiver mit der eigenen Homosexualität umgegangen wird. Nur zwei Personen geben an, sich „nicht mehr so offen als Schwuler" zu zeigen, wohingegen fünf der Aussage „Jedem, der es wissen will, sage ich jetzt, dass ich schwul bin" zustimmen. Gleichzeitig empfinden jeweils fünf Befragte die Aussagen „Ich unterscheide jetzt mehr nach Orten, wo ich als Schwuler offen auftreten kann" und „Ich bin in der Anbahnung neuer Bekanntschaften/Flirts vorsichtiger" als zutreffend.

Teil 4
Schluss

Kapitel 8: Handlungsempfehlungen

Durch die Gespräche mit unseren Interviewpartnerinnen und -partnern, die eingehende Betrachtung der Hamburger Beratungslandschaft und die intensive Auseinandersetzung mit vorurteilsmotivierten Übergriffen und ihrer Erfassung haben wir viele Impulse erhalten, die wir hier als Handlungsempfehlungen bündeln möchten. Die nun folgenden Empfehlungen sind als Denkanstöße gedacht, die dazu einladen sollen, das Angebot für Betroffene vorurteilsmotivierter Übergriffe zu verbessern und das Phänomen näher zu betrachten.

Eine behördenunabhängige Hotline

Gerade mit Blick auf alltagsrassistische Übergriffe, die die Schwelle zur Straftat nicht überschreiten, wurde die Idee einer Hotline genannt, die eine zeitnahe mobile Beratung möglich machen könnte. Das Ziel wäre dabei eine niedrigschwellige Beratung einzurichten, bei der das Empowerment von Betroffenen vorurteilsbedingter Übergriffe im Vordergrund stünde.

> Befragte: „...ich sag mal eine Hotline, wo ich mich hinwenden kann, wo ich sagen kann, ich hab Angst oder ... mein Nachbar und ich weiß nicht, wie ich reagieren kann und der grüßt mich nie und ich bin hier Afrikanerin und hab ein kleines Kind. Was mach ich jetzt eigentlich? Wo kann ich mich hinwenden? Das haben wir nicht. Wir haben so was nicht und ich glaube das ist etwas, was dringend gebraucht wird."

> Interviewerin: „So etwas wie Phönix im Ruhrgebiet oder so was?"

> Befragte: „So, ja so, so in die Richtung. Also wo ich einfach so sagen kann, ich hab Angst. Ich kenn ganz viele Afrikaner- (...) Ganz viele Afrikanerinnen gerade mit Kindern, die haben richtig Angst und das passiert ihnen auch, dass ihnen jemand vor die Füße spuckt. Und dann hab ich erst recht Angst. Also so, diesen Rassismus zu durchbrechen, braucht eben auch ein Empowerment der Leute, die also sonst zu Opfern werden. Und da tun wir viel zu wenig, glaube ich."

> (Interview G, S. 8)

„...Und es müsste eben auch eine Stelle geben, die diese Anrufe (..) auswertet und dokumentiert. Das muss es unbedingt geben, weil es wäre ein Signal, wir nehmen das ernst. Und es darf nicht bei der Polizei, und es darf nicht bei der Innenbehörde und es muss auch anonymisiert möglich sein, das zu tun, weil wie gesagt, Opfer ganz große Angst haben, sich zu outen und ganz große Angst darüber in Schwierigkeiten mit ihrem Aufenthalt zu geraten. (.) Das wäre auch gut für Menschen ohne Papiere, die ausgebeutet sind und unter erbarmungswürdigen Zuständen irgendwo leben. Was die Stelle dann damit macht, also ob die weiter mit der Polizei dann zusammenarbeitet, um Tipps zu geben sozusagen, guckt doch noch mal da und da hin, das ist eine andere Geschichte. Aber es muss möglich sein, anzurufen und zu sagen, ich möchte hier was melden."

(Interview G, S. 19)

Öffentlichkeitsarbeit

Eine weitere Idee betrifft öffentlichkeitswirksame Kampagnen. Wenn Alltagsrassismus ein zentrales Problem darstellt, dann kann dem nur durch gezielte und nachhaltige Öffentlichkeitsarbeit begegnet werden:

„Also ich glaube, dass es dafür eine Kampagne gibt und also braucht. Es gab eine oder gibt eine von der Bundesrepublik, so eine von der Integrationsministerin, also da gibt es so dann mal die Kopftuchfrau mit: Ich bin Deutsche. Also so was. Aber wir sind Hamburg, also das, was Berlin auch macht, das bräuchte es eigentlich auch. Ich glaube, es bräuchte so eine Kampagne. Wir sind viele, wir sind bunt, wir haben diesen Stolz, dass wir wieder wirklich ganz verschiedene Nationen hier beherbergen. Das muss größer werden und es muss eben auch die einschließen, die eben nicht Unternehmer sind und jetzt Wirtschaftssenator sind, sondern es muss eben auch die anderen mit einschließen."

(Interview G, S. 19)

Eine große Signalwirkung könnte eine gemeinsame Kampagne mehrerer erzielen. Wichtig wäre, dass es sich dabei nicht um Einzelaktivitäten von kurzer Dauer handelt, sondern um eine stete Öffentlichkeitsarbeit.

Darüber hinaus bedürfen die Internetauftritte vieler Beratungsstellen der Optimierung, da sie nicht userfreundlich gestaltet, d.h. nicht zielgruppenadäquat, sind. So finden sich auf den Homepages viel zu viele Informationen, ratsuchende Betroffene werden nicht zielgerichtet zu Kontaktmöglichkeiten navigiert. Besonders für Nichtdeutschsprachige erweist sich das Lesen großer Textmengen als hinderlich und wenig hilfreich.

Falldokumentationen

Eine der zu klärenden Fragen war die nach der Dokumentierbarkeit der Fälle in den Beratungseinrichtungen. Wesentlich ist, ob vorurteilsmotivierte Übergriffe auch als solche erkannt werden, wenn sich Ratsuchende an eine Beratungsstelle wenden. Wir haben erfahren können, dass zwar alle befragten Einrichtungen eine Statistik führen, die Erfassung von Fällen jedoch nicht einheitlichen Kriterien folgt. Durch diese unterschiedlichen Erfassungspraktiken, die u.U. auch als Rechenschaftsbericht gegenüber Behörden gelten, vergibt man sich die Chance, ein klares Bild über tatsächlichen Vorfälle gewinnen zu können. Wichtig wäre hier die Erfassung tatrelevanter Merkmale zur Erhellung der Phänomenologie vorurteilsmotivierter Übergriffe.

Vernetzung und Sensibilisierung für vorurteilsmotivierte Übergriffe

Auch wurde ein verstärkter Erfahrungsaustausch zwischen den Beratungsstellen angeregt, der über das Hamburger Beratungsnetzwerk hinausgehend gefördert und gepflegt werden müsste. Um einer zu starken Arbeitsteilung und Spezialisierung der Beratungsstellen entgegen wirken zu können, ist zudem eine Sensibilisierung für die Vielfalt diskriminierender Übergriffe aufgrund der unterschiedlichsten Vorurteile notwendig.

Aufsuchende Beratungsarbeit

Erfahrungen zeigen, dass Betroffene vorurteilsmotivierter Übergriffe oftmals den Gang zu den Beratungseinrichtungen oder gar zur Polizei scheuen. Daher scheint es angeraten, die Betroffenen selbst aufzusuchen:

„Sowohl die Erfahrung von unseren ostdeutschen Kollegen zeigt, als auch wir merken, dass das ganz viel aufsuchende Arbeit erfordern würde, Opfer rechter Gewalt wirklich zu erreichen. Und da stoßen wir klar an Kapazitätsgrenzen. Also weil die Kolleginnen aus Ostdeutschland kommen morgens ins Büro, die lesen erst mal drei Stunden Tageszeitungen, alle Kleinstmeldungen und gehen

dem nach und haken da nach, rufen bei Polizeidirektionen und so
weiter an, steckt da vielleicht was dahinter..."

(Interview F, S. 5)

Aufsuchende Beratung wäre auch eine Integrationshilfe für Menschen, die in ihrer neuen Heimat Hamburg Diskriminierung erfahren. Eine an Integrationszentren angebundene mobile Beratung könnte diese Aufgabe übernehmen und damit vorhandene Integrationsprobleme seitens des Aufnahmelandes anerkennen.

> *„Also die (Integrationszentren, d. Verf.) (...) haben Sprachkurse und die haben andere Formate. Ich bitte die ab und zu, eben diese Themen mit einzubringen. Also: Wie wehre ich mich gegen rassistische Bepöbelungen? Oder: Was mache ich, wenn ich in der U-Bahn angegriffen werde? Und da kommt immer, dafür haben wir aber keine Kapazitäten, so, dafür gibt's keine Zeit. Und das ist eben so was, wo es vielleicht ein mobiles Team geben müsste, was dann eben noch mal dahin geht und noch mal eine extra Stunde anbietet und sagt: So, das manchen wir jetzt! So an der Stelle, das würde ich mir jedenfalls wünschen. Das muss ja nicht an einem Ort sein. Aber ich brauche eine Telefonnummer, wo ich anrufen kann so als Opfer, und sagen kann, das und das ist passiert, was mache ich denn jetzt?"*

(Interview G, S. 10)

Spezifische Ansprache und Verarbeitung

In einigen Interviews wird der Hinweis gegeben, dass sowohl die Ansprache, auf die Betroffene reagieren, als auch ihre Art das Erlebte zu verarbeiten von unterschiedlichen sozialen, kulturellen und individuellen Faktoren abhänge. Daraus folgern wir, dass eine spezifische Ansprache für Männer und für Frauen, für Homo- und Heterosexuelle und z.B. für Menschen aus unterschiedlichen Kulturen von zentraler Bedeutung für die Annahme bestehender Hilfen ist. Diese Erkenntnis sollte sich gleichermaßen auf die Öffentlichkeitsarbeit sowie auf die Praxis und Ausbildung Beratender auswirken. Auch die kulturelle und/oder sexuelle Identität der oder des Beratenden kann eine Rolle spielen, wenn es darum geht, ob und wenn ja, wessen Hilfe in Anspruch genommen wird.

Aussteigerprogramme

Um Mitgliedern der rechtsextremen Szenen den Ausstieg zu erleichtern, bedarf es besserer Programme und Angebote. Hier ist auch die Jugendarbeit mit rechtsorientierten Jugendlichen gefragt:

> *„Das andere was ich denke: Wir tun auch zu wenig für Aussteiger aus der Neonaziszene. Es ist fatal zu meinen, dass der Verfassungsschutz da die Kompetenzen hat. Also wenn ich irgendwie da auf die Hotline gehe, dann lande ich bei der Polizeidirektion oder eben beim Verfassungsschutz und das sind genau die, die die Leute in den Knast gebracht haben oder anzeigen. Da werde ich mich auch nicht vertrauensvoll hinwenden. Also auch da braucht es e- her - ich sag mal - mobile kleine Vereine, die Dinge anbieten und auch neue Identitäten anbieten, damit die Leute da rauskommen. Da sind wir schlampig.“*
>
> (Interview G, S. 8)

> *„Wir können nicht sagen, die sitzen alle im Osten und da haben die sich eingenistet. Sondern, es gibt eine große Neonaziszene in Hamburg.“*
>
> (Interview G, S. 19)

Evaluationen

Wir halten es für dringlich, durch Evaluationen und qualitative Untersuchungen Kriminalitätsphänomene erschließbar zu machen, um so Handlungsempfehlungen für die Praxis gestalten zu können Kury pointiert diese Ansicht so: *„....soziale Programme [werden] vielfach nicht beziehungsweise nicht systematisch evaluiert. Dadurch nimmt man sich die Chance, beurteilen zu können, ob die Maßnahme überhaupt und auf welche Weise wirkt, was für eine Optimierung unumgänglich notwendig ist"* *(Kury 2004: 63)* Durch Evaluationen lassen sich Hinweise finden, die darauf hindeuten, an welchen Stellen es klug ist, anzusetzen.

Strafverfolgungsorgane und Verfassungsschutzbehörde

Da die erste Einschätzung einer Straftat in den meisten Fällen einer anzeigeaufnehmenden Beamtin oder Beamten obliegt, muss die Herausforderung, alle tatspezifischen Kriterien statistisch richtig zu erfassen, auch als solche gesehen werden. Es erscheint uns daher unabdingbar, Polizeibeamtinnen und Polizeibeamte durch entsprechende Schulungen zu sensibilisieren. So kann der Gefahr begegnet werden, dass ein vorur-teilsmotiviertes Delikt nicht als solches erkannt wird und so nicht als Hassverbrechen i.s.d. polizeilichen Definitionssystems, das Hassverbre-chen definiert, strafrechtlich verfolgt wird. Auch die Information an die Verfassungsschutzbehörden entfiele. Schließlich erscheint eine auf den Fokus der vorurteilsmotivierten Übergriffe fokussierte Opferstatistik sinnvoll.

Dunkelfeldproblematik

Da die von unterschiedlichen Stellen erfassten Daten in keinem systema-tischen Zusammenhang gebracht werden, sondern vielmehr die beteilig-ten Akteure wie Polizei, Beratungsstellen und Opferverbände unkoordi-niert erheben, lässt sich kein klares Bild der tatsächlichen Vorkommnisse zeichnen. Ein Konglomerat dieser Erfassungen würde einen Teil der Dunkelfeldproblematik verringern, wenngleich sie keine wissenschaftli-che Exploration ersetzt.

Kapitel 9: Fazit

„Ich glaube die größere Baustelle ist der Rassismus. Ich glaube, das ist die größere und gefährlichere Baustelle als Rechtsradikalismus. Also, weil dies sehr viel gängiger ist und über diesen Rassismus die Rechtsradikalen natürlich dann immer auch an Boden gewinnen."

(Interview G, S. 17)

Das vorangestellte Zitat kann stellvertretend für viele Einschätzungen unserer Interview- und Gesprächspartnerinnen und -partner gelten, die aufgrund ihrer Beratungserfahrungen von einer größeren Phänomenologie vorurteilsmotivierter Übergriffe ausgehen, als üblicherweise unter dem Begriff „rechtsextreme Gewalt" gefasst werden. Gegen Alltagsrassismus, z.B. in Form von Entwürdigungen gegenüber sozial Benachteiligten, wie Bespucken, Beleidigen, Anpöbeln usw., gibt es kaum direkte Interventionsmöglichkeiten für Beratungsstellen. In den Gesprächen mit unseren Interviewpartnerinnen und -partnern sind viele interessante Ideen entstanden und vorgeschlagen worden, die es lohnt – trotz finanziell angespannter Lagen in den öffentlichen Haushalten –, weiter zu entwickeln.

Das, was wir Alltagsdiskriminierung nennen, scheint sich in deutlich größerem Umfang abzuspielen, als gemeinhin angenommen. Während der Erhebungsphase haben wir erfahren können, dass Diskriminierungen alltäglich sind und der Umgang mit ihnen sogar Bestandteil der Beratungspraxis ist.

Ein weiteres Problem ist die nebulöse Datenlage über tatsächliche Vorkommnisse vorurteilsmotivierter Taten.

Die Journalistin Heike Kleffner hat im Jahr 2010 in einem entlarvenden Artikel in der ZEIT beschrieben, dass die Opferzahlen rechter Gewalt deutlich höher seien, als öffentlich zugängliche Statistiken dies beschreiben. Unter anderem ergaben die Recherchen, dass Taten gegen Obdachlose zu mehr als 70 Prozent nicht als Taten mit vorurteilsmotiviertem Hintergrund erfasst würden. Diese Taten würden von Behördenseite nicht als politisch motiviert erkannt. (DIE ZEIT, Nr.38, 16. September 2010)

Das publik werden der Zusammenhänge und Hintergründe der Tötungsdelikte der Gruppe „Nationalsozialistischer Untergrund" hat während der Bearbeitungszeit dieser Pilotstudie stattgefunden. Weder während der Erhebung, noch während der Bearbeitung konnten die Ereignisse daher Beachtung finden. Im Nachhinein lassen die bekannt gewordenen Fakten den Schluss zu, dass es tatsächlich dringend ist, nicht nur die unter dem Begriff „rechtsextreme Gewalt" gefassten Phänomene stärker zu konturieren, sondern vor allem hinsichtlich der Motive und (politischen) Hintergründe der Täter deutlicher zu differenzieren.

Wir möchten an dieser Stelle nochmal auf den bereits zitierten Vorschlag von Heitmeyer verweisen, der in seinem Analysekonzept zur Definition rechter Übergriffe im öffentlichen Raum die Kombination dreier analytischer Ebenen vorschlägt. Neben der mikro- und mesoanalytischen Ebene, sei die makroanalytische Ebene wesentlich, da hier sozialstrukturelle Faktoren ebenso wie politische und ökonomische Entwicklungen eine wichtige Rolle spielten.

Die Ereignisse um die Gruppe „Nationalsozialistischer Untergrund" macht eine solche makroanalytische Betrachtung umso notwendiger: Neben aller Kritik an Behördenarbeit scheint eine grundsätzliche, eben makroanalytische Betrachtung gesellschaftlicher Akzeptanz alltagsdiskriminierender Geschehnisse nötig. So wären vielleicht auch auf Behördenseite während der Ermittlungen im Fall der Tötungsdelikte durch die NSU zwischen den Jahren 2000 bis 2006 an türkischen Mitbürgern sensibler auf vorurteilsmotivierte Motivlage hin ermittelt worden. Die Taten wurden, nach bis dato öffentlich bekanntem Ermittlungsstand, aus einer fremdenfeindlichen Gesinnung heraus begangen.

Die Ermittlungen der (Strafverfolgungs-)Behörden liefen bis ins Jahr 2011 in eine Richtung: eine Fehde unter Zugewanderten wurde als Motiv über Jahre angenommen. Der FOCUS zitiert den Leiter der SOKO Bosporus: Die Morde seien "sehr rational, überlegt und planvoll ausgeführt". Von einem ausländerfeindlichen Hintergrund halte er "überhaupt nichts". Die Bildzeitung nennt "vier heiße Spuren": "Drogenmafia, Organisierte Kriminalität, Schutzgeld, Geldwäsche". Die Frankfurter Rundschau allerdings äußert den Gedanken an einen fremdenfeindlichen Hintergrund. Indizien, die auf ein politisches Motiv hinwiesen, fehlten.
(http://www.taz.de/!82269/, Abruf am 18.5.2012)

Weiter schreibt die taz:

> *„Fast 13 Jahre lang konnte die Gruppe "Nationalsozialistischer Un-*
> *tergrund" mordend und raubend quer durch Deutschland ziehen,*
> *ohne dass ihr die Ermittlungsbehörden auf die Spur gekommen*
> *waren. (...) Die Morde an acht türkischen und einem griechischen*
> *Kleingewerbetreibenden haben einen rassistischen Hintergrund*
> *und gehen sämtlichst auf das Konto der Gruppe.*
> *(...) Und zudem stellt sich die Frage: Inwieweit war der Verfas-*
> *sungsschutz mit seinen Fühlern in der Nazi-Szene über das Trei-*
> *ben der Gruppe informiert?"*
> (http://www.taz.de/!82269/, Abruf am 18.5.2012)

Das Zitat gibt treffend die Situation wieder.

In der öffentlichen Debatte und Berichterstattung verschwimmen Begriffe wie Terrorismus, Extremismus und politisch motivierte Kriminalität
dergestalt, dass sich gerade im Hinblick auf die Taten der Gruppe „Nationalsozialistischer Untergrund" ein falsches Bild ergibt. Wir haben in
dieser Studie die Definitionsproblematik mehrfach aufgegriffen und
verweisen auch im Fazit auf das Definitionssystem Politisch Motivierte
Kriminalität der Polizei, das die Kategorie Hasskriminalität enthält.

Der Begriff Hasskriminalität beschreibt Taten, die gegen eine Person
allein wegen ihrer Nationalität, Rasse, Herkunft, Volkszugehörigkeit,
sexuellen Orientierung, politischen Einstellung, Behinderung, Hautfarbe,
Religion, ihres gesellschaftlichen Status oder äußeren Erscheinungsbildes begangen werden. Der Phänomenbereich „Terrorismus" ist ein Un-
terpunkt der Politisch Motivierten Kriminalität – Hasskriminlität, weist
jedoch, und das erscheint uns in der aktuellen Debatte außer acht, andere Kriterien als Terrorismus auf. Wesentlichster Unterschied ist das
Merkmal der Systemüberwindung, das bei Hasskriminalität keine Rolle
spielt.

Die Mordtaten der Gruppe „Nationalsozialistischer Untergrund" haben
den Verdacht um die Folgen einer begrifflichen Ungenauigkeit, die fol-
genschwer für die Ermittlungsarbeit sind, untermauert. Wir haben im
Rahmen dieser Untersuchung diese Problematik beschrieben.

Das Bundesministerium des Inneren beschreibt auf seiner Homepage Verbrechen dann als Terrorismus,

„wenn sie mit dem Ziel begangen werden,

- die Bevölkerung auf schwer wiegende Weise einzuschüchtern oder

- öffentliche Stellen oder eine internationale Organisation rechtswidrig zu einem Tun oder Unterlassen zu zwingen oder

- die politischen, verfassungsrechtlichen, wirtschaftlichen oder sozialen Grundstrukturen eines Landes oder einer internationalen Organisation ernsthaft zu destabilisieren oder zu zerstören."[38]

Wenn nun dieses systemüberwindende Element keine Rolle bei der Motivlage spielt, ist konsequenterweise auch die Bezeichnung als terroristische Gruppe falsch. Die Gruppe „Nationalsozialistischer Untergrund" wird als solche bezeichnet.

Der Begriff Hasskriminalität beschreibt Taten, die aufgrund von Vorurteilen gegenüber einer bestimmten Gruppe von Menschen verübt werden. Dabei können sich die Vorurteile auf real existierende oder fiktive Unterschiede beziehen. Die Täterinnen und Täter beabsichtigen nicht nur direkt das Opfer zu treffen, sondern auch alle anderen Fremdgruppenmitglieder, in dem die Tat gleichsam eine Botschaft enthält. Auf diese Weise wird Angst verbreitet und der Handlungsspielraum der Fremdgruppe eingeschränkt. Zudem sollen Gleichgesinnte zu weiteren Taten mobilisiert werden und ein Gemeinschaftsgefühl entstehen.

Ob dieses Merkmal für die Taten der Gruppe „Nationalsozialistischer Untergrund" zutrifft, wollen wir an dieser Stelle nicht beurteilen. Dennoch halten wir die Zuordnung der Taten weg von einem terroristischen Hintergrund, hin zu einem vorurteilsmotivierten für angemessen.

---

38 http://www.bmi.bund.de/DE/Service/Glossar/Functions/glossar.html?nn=105094&lv2=2 96452&lv3=151976, Abruf am 22.8.2012

Eine solche Einschätzung der Taten und ihrer Täterinnen und Täter halten wir deshalb für relevant, weil eine besondere gesellschaftliche Gefahr von ihnen ausgeht. Wie bereits weiter oben zitiert, betonen Rössner et al. diesen Aspekt:

> *„Die besondere Gefährlichkeit der vorurteilsbedingten Gewaltkriminalität liegt in ihrem Angriff auf die Grundlagen des friedlichen Zusammenlebens in der zivilisierten Gesellschaft: die Unantastbarkeit der Menschenwürde als Gemeinschaftswert. Brutale Gewalt, die das konkrete Opfer zufällig und gesichtslos auswählt, um eine ganze Bevölkerungsgruppe (Ausländer, Behinderte, Obdachlose, Homosexuelle u.s.w.) symbolisch zu erniedrigen und einzuschüchtern, muss eine Gemeinschaft besonders beachten. Die Wirkungen dieser Taten sind verheerend, da sie zum einen auf Merkmale abzielen, welche das Opfer nicht beeinflussen kann, und zum anderen der gesamten Opfergruppe die einschüchternde Botschaft der Ablehnung, des Hasses und der Angst signalisieren. Schließlich wohnt ihnen ein fataler Aufforderungscharakter an Gleichgesinnte inne: Der kriminalpolitische Begriff der Vorurteilskriminalität bündelt diese Zusammenhänge und sensibilisiert die Gesellschaft für die Gefahren."*

> (Rössner/Bannenberg/Coester: 3 f.)

Wir halten es deshalb für sinnvoll, die Motive der Beschuldigten nach den o.g. Kriterien auf Grundlage des Tathergangs, der Tatumstände, der Hinweise auf menschenverachtende Einstellungen, der Täter-Opfer-Konstellation und ggf. der Opfermerkmale zu überprüfen. Das erfordert eine Sensibilisierung der Strafverfolgungsbehörden im Hinblick auf die Merkmale, die zur Klassifizierung eines Delikts als Hate Crime notwendig sind. Geschieht dies nicht, besteht die Gefahr, dass die Tat im weiteren Verlauf des Strafverfahrens nicht als Hate Crime geahndet wird. Unechte Staatsschutzdelikte bleiben so womöglich häufiger unerkannt.

In unserer Untersuchung konnten wir feststellen, dass es eine große Diskrepanz zwischen den Zahlen rechtskräftig wegen eines (gefährlichen) Körperverletzungsdelikts Verurteilten und Zahlen der Staatsschutzabteilungen gibt. Das legt die Vermutung nahe, dass unechte Staatsschutzdelikte (Hassverbrechen) womöglich nicht als solche erkannt wurden. Im Zusammenhang mit der Mordserie der Gruppe „Nationalsozialistischer Untergrund" scheint genau das geschehen zu sein.

Wir schlagen daher vor, die Problematik zu erhellen, in dem eine definitorische Trennung zwischen den Begriffen PMK-rechts und Hassverbrechen vorgenommen wird. Die tatauslösenden Momente „systemüberwindend" oder „vorurteilsmotiviert" als eigene Motive zu betrachten, ließe eine exaktere Bewertung von Taten zu.

Gesellschaftspolitisch gilt es, dem Problem des Alltagsrassismus mehr Aufmerksamkeit zu widmen. Es bedarf verstärkter Anstrengungen, um eine Sensibilisierung für vorurteilsmotivierte Übergriffe und alltagsrassistische Tendenzen, nicht nur auf Behördenseite, zu erreichen.

Literatur

Ansen, Harald 2009
Methodik der Sozialen Beratung, In: Maier, K. (Hrsg.): Armut als Thema der Sozialen Arbeit, FEL, Freiburg

Bude, Heinz/Willisch, Andreas (Hrsg.) 2006
Das Problem der Exklusion, Hamburg

Bundesministerium des Innern (Hrsg.) 2010
Verfassungsschutzbericht 2009. Berlin

Bundesministerium des Innern
http://www.bmi.bund.de/cln_104/DE/Service/Glossar/Functions/glossar.html?nn=105094&lv2=296444&lv3=151906

Bundesministerium des Innern (Hrsg.)
Polizeiliche Kriminalstatistik für das Jahr 2008

Bürgerschaft der Freien und Hansestadt Hamburg
Drucksache 19/6829, 3.8.10, http://www.buergerschaft-hh.de/parldok/Cache/E040AB86E6C487E0EC018A0C.pdf

Bundesamt für Verfassungsschutz
Rechtsextremismus.
http://www.verfassungsschutz.de/de/arbeitsfelder/af_rechtsextremismus/

Decker, Oliver/Brähler, Elmar 2006
Vom Rand zur Mitte. Rechtsextreme Einstellungen und ihre Einflussfaktoren in Deutschland

Deutscher Bundestag
Drucksache 17/1928, 17. Wahlperiode, 07.06.2010

Deutscher Verein für öffentliche und private Fürsorge (Hrsg.) 1993
Fachlexikon der Sozialen Arbeit, 3. Aufl., Frankfurt a.M.

Etzioni, Amitai 1971
Violence. In: Merton/Nisbet: Contemporary Social Problems. New York

FBI – Federal Bureau of Investigation 2010a:
www.fbi.gov/hq/cid/civilrights/hate.htm (22.09.2010)

FBI – Federal Bureau of Investigation 2010b:
http://www.fbi.gov/about-us/investigate/civilrights
/hate_crimes/overview (09.11.2010)

Flick, Uwe/von Kardorff, Ernst/Steinke, Ines 2000
Was ist qualitative Forschung? Einleitung und Überblick In:
Flick/von Kardorff/Steinke (Hrsg.): Qualitative Forschung. Ein
Handbuch. Rowohlt, Reinbek

Garland, David 2001
The Culture of Control, Oxford: Oxford University Press

Gläser, Jochen/Laudel, Grit 2004
Experteninterviews und qualitative Inhaltsanalyse, Wiesbaden

Göppinger, Hans 2008
Kriminologie, 6. Aufl., C.H. Beck, München

Hamburgisches Verfassungsschutzgesetz (HmbVerfSchG)
vom 7. März 1995

Hassemer, Winfried/Jan Philipp Reemtsma 2002
Verbrechensopfer. Gesetz und Gerechtigkeit, Beck Verlag, München

Heitmeyer, Wilhelm 2002
Rechtsextremistische Gewalt, In. Heitmeyer, Wilhelm, Hagan,
John (Hrsg.): Internationales Handbuch der Gewaltforschung,
Westdeutscher Verlag, Wiesbaden, S. 501-547

Imbusch, Peter 2002
Der Gewaltbegriff, In. Heitmeyer: Internationales Handbuch der
Gewaltforschung, S. 26-58

Jesse, Eckhard 2004
Formen des politischen Extremismus, in: BKA (Hrsg.), Texte zur
Inneren Sicherheit: Extremismus in Deutschland, S. 7-25

Krimpedia – die freie kriminologische Enzyklopädie
http://www.kriminologie.uni-hamburg.de/wiki/index.php5/
Politisch_motivierte_Kriminalit%C3%A4t#1._Definition

Kleffner, Heike, Holzberger, Manuel 2004
War da was? In: CILIP 77 (1/2004), Verlag CILIP, Berlin 2004

Kohlstruck, Michael 2003
„Hate Crimes" – Anmerkungen zu einer aktuellen Diskussion. In:
Berliner Forum Gewaltprävention, Nr. 16

Krupna, Karsten 2009
Das Konzept der „Hate Crimes" in Deutschland. Eine systemati
sche Untersuchung der Kriminalitätsform, der strafrechtlichen
Erfassungsmöglichkeiten de lege lata und der Verarbeitung in
der Strafrechtspraxis. Peter Lang, Frankfurt am Main

Lüdemann, Christian/Ohlemacher, Thomas 2002
Soziologie der Kriminalität, Juventa, Weinheim

McDevitt, Jack/Williamson, Jennifer 2002
Hate Crimes: Gewalt gegen Schwule, Lesben, bisexuelle und
transsexuelle Opfer. In: Heitmeyer, Wilhelm/Hagan, John
(Hrsg.): Internationales Handbuch der Gewaltforschung. Westdeutscher Verlag, Wiesbaden, 1000-1019

Neugebauer, Gero 2010
Zur Strukturierung der politischen Realität, In: APuZ, 44/2010,
Extremismus, Bundeszentrale für Politische Bildung (Hrsg.),
Bonn, S. 3-9

NIJ – National Institute of Justice 2010
Hate Crime
http://www.ojp.usdoj.gov/nij/topics/crime/hate-crime/
welcome.htm (09.11.2010)

Retter, Hein 2002
Studienbuch Pädagogische Kommunikation, Klinkhardt, Heil-
brunn/Obb.

Rössner, Dieter/Bannenberg, Britta/Coester, Marc
Arbeitsgruppe Primäre Prävention von Gewalt gegen Gruppenangehörige – Einführung und Empfehlungen. Langfassung,
Deutsches Forum Kriminalprävention
http://www.bmj.bund.de/files/-/1283/Einfuehrung_und_ Emp-
fehlungen_der_Arbeitsgruppe-Langfassung.pdf (11.11.2010)

Schädler, Wolfram 2003
Praxis von Opferhilfe und Opferschutz, in: Egg, Rudolf/Minthe, Eric (Hrsg.): Opfer von Straftaten, Wiesbaden, S. 57-68

Schmid, Martin/Stroni, Marco 2009
Jugendliche im Dunkelfeld rechtsextremer Gewalt. Viktimisierungsprozesse und Bewältigungsstrategien, Seismo Verlag, Zürich

Seehafer, Silvia 2003
Strafrechtliche Reaktionen auf rechtsextremistisch/fremdenfeindlich motivierte Gewalttaten – Das amerikanische „hate crime" Konzept und seine Übertragbarkeit auf das deutsche Rechtssystem. Humbolt Universität zu Berlin
http://edoc.hu-berlin.de/dissertationen/seehafer-silvia-2003-04-28/PDF/Seehafer.pdf, (12.11.2010)

Seifert, Dragana/Heinemann, Axel/
Koch, Christine/Franke, Barbara 2007
Modellprojekt zur Implementierung eines Rechtsmedizinischen Kompetenzzentrums für die Untersuchung von Opfern von Gewalt, Nomos Verlag, Baden Baden

Shively, Michael/Mulford, Carrie F. 2007
Hate Crimes in America: The Debate Continues. In: National Institute of Justice: NIJ Journal, issue no. 257, Juni 2007, Washington, 8-13

Stender, Wolfram/Follert, Guido/Özdogan, Mihiri (Hrsg.) 2010
Konstellationen des Antisemitismus. Antisemitismusforschung und sozialpädagogische Praxis, VS-Verlag, Wiesbaden

Willems, Helmut/Steigleder, Sandra 2003
Jugendkonflikte oder Hate-Crime? Täter-Opfer-Konstellationen bei fremdenfeindlicher Gewalt, In: Journal für Konflikt- und Gewaltforschung, 1/2003, S. 5-28

Zwerenz, Karlheinz 2009
Statistik. Einführung in die computergestützte Datenanalyse. 4. Auflage, Oldenbourg Wissenschaftsverlag, München

Über die Autorin

Bärbel Bongartz ist Diplom-Kriminologin. Sie lebt und arbeitet in Hamburg.

Nach beruflichen Stationen u.a. in den Justizvollzugsanstalten München-Stadelheim und Hamburg Fuhlsbüttel lehrt und forscht sie an der Hochschule für Angewandte Wissenschaften Hamburg.

Darüber hinaus ist sie freiberuflich als Kriminologin tätig.